U0782902

大唐狄公探案全译
高罗佩绣像本

大唐狄公探案全译·高罗佩绣像本

黄禄善 / 主编

# 湖滨谜案

THE CHINESE LAKE MURDERS

〔荷兰〕

## 高罗佩 / 著
By Robert Van Gulik

## 任钧　朱良 / 译

山西出版传媒集团　北岳文艺出版社

- 太原 -

**图书在版编目（CIP）数据**

湖滨谜案/（荷）高罗佩著；任钧，朱良译.—太原：北岳文艺出版社，2018.1
（大唐狄公探案全译：高罗佩绣像本 / 黄禄善主编）
ISBN 978-7-5378-5502-0

Ⅰ．①湖… Ⅱ．①高… ②任… ③朱… Ⅲ．①侦探小说—荷兰—现代
Ⅳ．① I563.45

中国版本图书馆 CIP 数据核字（2018）第 001804 号

| | | |
|---|---|---|
| 书名：湖滨谜案 | 策　划：续小强 | 责任编辑：刘文飞 |
| 著者：〔荷〕高罗佩 | 项目统筹：贾晋仁 | 助理编辑：张昊 |
| 译者：任钧　朱良 | 　　　　庞咏平 | 书籍设计：张永文 |
| | | 印装监制：巩璠 |

出版发行：山西出版传媒集团·北岳文艺出版社
地址：山西省太原市并州南路 57 号　邮编：030012
电话：0351-5628696（发行部）0351-5628688（总编室）传真：0351-5628680
网址：http：∥www.bywy.com　　E-mail：bywycbs@163.com
经销商：新华书店　　承印者：山西人民印刷有限责任公司
开本：890mm×1240mm　1/32　字数：183 千字
印张：8.625　版次：2018 年 1 月第 1 版　印次：2018 年 1 月山西第 1 次印刷
书号：ISBN 978-7-5378-5502-0
定价：33.80 元

本书版权为本社独家所有，未经本社同意不得转载、摘编或复制

　　《狄公案》是中国众多公案小说之一种，但是，随着高罗佩20世纪40年代对《武则天四大奇案》的译介以及之后"狄公探案小说系列"的成功出版，"狄公"这一形象不仅风靡西方世界，也使中国读者看到"中国古代犯罪小说中蕴含着大量可供发展为侦探小说和神秘故事的原始素材"，认识到"神探狄仁杰"，"虽未有指纹摄影以及其他新学之技，其访案之细、破案之神，却不亚于福尔摩斯也"。在西方对中国总体评价趋于负面的20世纪50年代，"狄公探案小说"不仅满足了普通西方读者了解古代中国社会生活的愿望，也在一定程度上让西方世界重新认识了传统中国，扭转了西方人眼中古代中国"落后""野蛮"的印象。从这个意义上来看，高罗佩对传播中国文化着实做出了很大的贡献，因此学界给予他很高的评价，将其与理雅各、伯希和、高本汉、李约瑟等知名学者并列为"华风西渐"的代表人士。

　　高罗佩是20世纪最为著名的汉学家之一，其语言天赋惊人，汉学造诣"在现代中国人之中亦属罕有"。高罗佩"狄公探案小说"的背景是久远的初唐社会，但讲述方式却是现代的，中国传统文化被润化在小说的情境中，服饰、器物、绘画、雕塑、建筑等中国元素以及其中所蕴含的中国文化，在不经意间缓缓流动着，构成一幅丰富多彩的中国图画，没有丝毫的隔膜感。小说创作的灵感来源于公案小说，但叙事却完全是西方推理小说的叙事。在整个案件的推演、勘察过程中，读者一直是不自觉地被带入情境中，抽丝剥茧，直到最终找出答案。这种互动式、体验式的交流方式，是高罗佩探案小说的成功之处，也是至今仍为广大读者喜爱的原因之一。

为了让读者能原汁原味地读到高罗佩"狄公探案小说"，体味到高罗佩笔下的中国文化和社会，我社邀请著名西方通俗文学研究大家黄禄善教授组织翻译了这套"大唐狄公探案全译·高罗佩绣像本"，以飨读者。

我社推出的"大唐狄公探案全译·高罗佩绣像本"以忠实原著为原则，译文更贴近于读者的阅读习惯，且完整保留了高罗佩探案小说创作的脉络，力图打造一套完整的"高罗佩探案小说"全译本。

"大唐狄公探案全译·高罗佩绣像本"共计十六册（包括十四部长篇，两部中篇，八部短篇），其中收入了高罗佩手绘的地图及小说插图一百八十余幅。书中的插图仿照的是16世纪版画的风格特点，特别是明代《列女传》中的形象。因此，插图中人物的服饰以及风俗习惯均反映的是明代特征，而非唐代。此外，小说中涉及大量唐代官职、古代地名等信息，虽经译者考证并谨慎给出译名，但仍有存疑之处，敬请方家指正。

愿我们的这些努力，能使这套"大唐狄公探案全译·高罗佩绣像本"成为喜爱高罗佩的读者们所追寻的珍藏版本。

北岳文艺出版社

2018年1月

一

　　20世纪与21世纪之交，西方通俗文学界一个令人瞩目的现象是历史侦探小说（historical detective fiction）的崛起。当时西方的许多主流媒体，如《纽约时报》《华尔街日报》《泰晤士报》《卫报》等等，连篇累牍地报道这类小说获奖的信息，有关小说的介绍、评论汗牛充栋。这些获奖作品的背景多半设置在一个历史久远的年代，中心情节是破解一个与谋杀有关的谜案，作者大都为历史学、考古学的专业人士，爱好文学创作。譬如保罗·多尔蒂（Paul Doherty, 1946—），当代英国著名历史学家，20世纪80年代末开始历史侦探小说创作，迄今已出版了八十多部以古希腊、古罗马、古埃及和中世纪英格兰为背景的侦探小说，其中《叛逆的幽灵》（*The Treason of the Ghosts*）被《泰晤士报》列为2000年最佳犯罪小说。又如琳达·罗宾逊（Lynda Robinson, 1951—），毕业于得克萨斯大学考古专业，擅长中东史和美国史研究，后在丈夫的鼓励下进行历史侦探小说创作，处女作《死神谋杀案》（*Murder in the Place of Anubis*, 1994）一问世即荣登"纽约时报畅销书排行榜"，接下来的十多本小说也一版再版，畅销不衰。再如加里·科比（Gary Corby, 1963—），澳大利亚历史侦探小说创作新秀，尽管作品数量不算太多，但已是2008年"柯南·道尔奖"得主，2010年问世的《伯里克利政体》（*The Pericles Commission*）又获"内德·凯利奖"（Ned Kelly Award）。凡此种种，正如《出版人周刊》2010年一篇评论所指出的："过去的十年目睹了历史侦探小说的数量和质量的爆炸。以前从未有过如此多的天才作家出版如此多的历史侦探小说，作品涵盖的历史年代和案发地点也从未如此宽泛。"[1]

不过，西方历史侦探小说的诞生并非从这个世纪之交开始。早在1911年，在美国作家梅尔维尔·波斯特（Melville Post, 1869—1930）的短篇小说《上帝的天使》（*The Angel of the Lord*），就出现过一个历史年代的业余侦探"阿布勒大叔"（Uncle Abner）；他生活在古老的弗吉尼亚边疆，是个牧场工人，和蔼、睿智的中年人，依靠圣经的道德标准和美国的法律精神破案。《上帝的天使》很快被扩充为拥有二十六个故事的侦探小说集《阿布勒大叔：破案高手》（*Uncle Abner, Master Mysteries*, 1918）。到了1943年，美国作家利莲·托雷（Lillian de la Torre, 1902—1993）又发表了以历史人物塞缪尔·约翰逊（Samuel Johnson）为侦探主角的短篇小说《英格兰国玺》（*The Great Seal of England*），她同样将该短篇小说扩充为有多个故事的侦探小说集《萨姆博士：约翰逊侦探》（*Dr. Sam: Johnson, Detector*, 1948）。在这之后，西方目睹了历史侦探小说的高速发展。一方面，英国作家阿加莎·克里斯蒂（Agatha Christie, 1890—1976）出版了古埃及背景的长

---

1　Lenny Picker. *Mysteries of History*, Publishers Weekly, March 3, 2010.

篇历史侦探小说《死亡终局》（*Death Comes as the End*, 1944）；另一方面，美国作家约翰·卡尔（John Carr, 1906—1977）又出版了拿破仑战争题材的长篇历史侦探小说《狱中新娘》（*The Bride of Newgate*, 1950）；与此同时，荷兰外交家、汉学家、收藏家、作家高罗佩（Robert van Gulik, 1910—1967）还推出了基于中国公案小说传统的系列历史侦探小说"狄公探案"（*Judge Dee series*）。这些单本的、系列的历史侦探小说的问世，为当代西方历史侦探小说的全面崛起做了有益的铺垫，尤其是"狄公探案"，采用长、中、短三种小说形式，数量多达十六卷，在东、西方均产生了持久的轰动效应，被认为是早期西方历史侦探小说的成功"范例"。[1]

"狄公探案"系列历史侦探小说始于1949年高罗佩的一本中国公案小说译作《狄公断案精粹》（*Celebrated Cases of Judge Dee*）。故事的侦探主角狄公（Judge Dee）在中国历史上实有其人。他名叫狄仁杰，生活在唐朝（618—907），一生为官，两次出任宰相，是所谓的青天大老爷。有关他廉洁自律、为民请命、秉公办案的故事很早就在民间流传。到了清朝末年，一位无名氏将这些民间故事整理成长篇公案小说《武则天四大奇案》（亦名《狄公案》或《狄梁公四大奇案》）。高罗佩在中国任外交官期间，对该书产生了浓厚的兴趣。他在进行了详细考据之后，将其中基本符合西方侦探小说传统的前三十回翻译成英文出版。之后，又亲自出马，尝试创作了以狄公为侦探主角的历史侦探小说《迷宫奇案》（*The Chinese Maze Murders*, 1952）。该历史侦探小说出版后，居然是本畅销书。从此，高罗佩一发不可收拾，先后接受芝加哥

---

1　Carl Rollyson. *Critical Survey of Mystery and Detective Fiction*, Revised Edition. Salem Press, INC, printed in USA, 2008, p.1783.

大学出版社及其他图书出版公司的稿约，继续创作了十五卷狄公案历史侦探小说。它们是：《铜钟谜案》（*The Chinese Bell Murders*, 1958）、《黄金谜案》（*The Chinese Gold Murder*, 1959）、《湖滨谜案》（*The Chinese Lake Murders*, 1960）、《铁针谜案》（*The Chinese Nail Murders*, 1961）、《红阁子奇案》（*The Red Pavilion*, 1964）、《朝云观奇案》（*The Haunted Monastery*, 1961）、《御珠奇案》（*The Emperor's Pearl*, 1963）、《漆画屏风奇案》（*The Lacquer Screen*, 1962）、《晨猴·暮虎》（*The Monkey and the Tiger*, 1965）、《柳园图奇案》（*The Willow Pattern*, 1965）、《广州谜案》（*Murder in Canton*, 1966）、《紫云寺奇案》（*The Phantom of the Temple*, 1966）、《太子棺奇案》（*Judge Dee at Work*, 1967）、《项链·葫芦》（*Necklace and Calabash*, 1967）、《黑狐奇案》（*Poets and Murder*, 1968）。这些"奇案""谜案"也全是畅销书，不断再版、重印，直至2014年，还有麦克法兰图书出版公司（McFarland）的新版本出现。

与此同时，"狄公探案"系列小说的影响又渐渐从美国、英国、加拿大、澳大利亚、新西兰延伸到法国、德国、西班牙、荷兰、瑞典、芬兰、日本和中国。1982年，甘肃人民出版社率先在中国推出了陈来元、胡明翻译的《四漆屏》（*The Lacquer Screen*）。紧接着，中原农民出版社、北方妇女儿童出版社、北岳文艺出版社、中国电影出版社、海南出版社、贵州大学出版社也各自推出了这样那样的狄公案全译本和节译本。各种各样的续集、改写本也不断涌现。"狄公探案"被多次搬上银幕，仅在中国大陆，就有电影《血溅画屏》（1986）、《恐怖夜》（1988）、《奇屏谜案》（2009），电视连续剧《狄仁杰断案传奇》（64集，1986）、《神探狄仁杰Ⅰ》（30集，2004）、《神探狄仁杰

Ⅱ》（40集，2006）、《神探狄仁杰Ⅲ》（48集，2008）、《神探狄仁杰Ⅳ》（50集，2013）。

二

作为早期西方历史侦探小说创作的一个成功范例，"狄公探案"小说系列展示了这一小说类型的诸多特征。首先，它是侦探小说，遵循侦探小说之父爱伦·坡（Allan Poe, 1809—1849）的"破案解谜六步曲"，亦即介绍侦探、展示犯罪线索、调查案情、公布调查结果、解释案情发生的原因和经过、罪犯的服输和认罪。其次，它又是历史小说，涵盖了历史小说之父沃尔特·司各特（Walter Scott, 1771—1832）所创立的大部分市场要素，如异国情调、哥特式气氛、英雄主义、骑士精神等等。而且，其作者本人，也像上面提到的许多当代历史侦探小说的作者一样，是个精通历史学、考古学的专业人士，只不过专业研究的对象，并非众人趋之若鹜的古希腊、古罗马或中世纪欧洲文明，而是当时并不被看好且有点冷僻的东方语言文化。

高罗佩，原名罗伯特·范·古利克，1910年8月9日生于荷兰聚特芬（Zutphen）。父亲是个医生，曾先后两次在荷属东印度（Netherland East Indies, 今印度尼西亚）服役。自小，高罗佩随父母侨居在殖民地，在当地学习汉语、爪哇语和马来语，由此对亚洲文化，尤其是中国文化产生了浓厚的兴趣。1923年，父亲退役后，高罗佩随全家回到荷兰，定居在奈梅亨（Nijmegen）。1929年，高罗佩从奈梅亨市立中学毕业，入读莱顿大学，主修东方殖民法律和（荷属东）印度学，以及中日语言文学，后又到乌特勒支大学深造，学习现当代中国史以及藏文和梵文，并以论文《马头明王诸说源流考》（*Hayagriva, the Mantrayanic Aspect of Horse-cult in China and Japan*）获得东方语言学博士学位。高罗佩的语言才能和专业知识很快得到回报。1935年，他被荷兰外交部录用为助理翻译，并被派驻东京，任荷兰驻日公使馆二等秘书。1941年，太平洋战争爆发，荷兰成为日本的对立面，高罗佩与其他同盟国的外交人员一道被遣离日本。1943年3月，他从印度加尔各答来到中国重庆，与那里的荷兰使馆人员会合，出任荷兰政府驻重庆大使馆一等秘书。其间，他结识了同在大使馆秘书处工作的中国名媛水世芳，两人结为伉俪，先后育有三子一女。战争结束后，高罗佩离开中国回到海牙，出任荷兰外交部政务司远东处处长，一年后又去了美国，任荷兰驻美使馆顾问。1948年，他被任命为荷兰驻日本东京军事代表处顾问，1951年又离开东京前往新德里，任荷兰驻印度大使馆文化参赞。1953年，他再次被召回，任外交部中东暨非洲事务司司长。1956年至1959年，高罗佩担任荷兰驻黎巴嫩全权代表，1959年至1962年又担任荷兰驻马来西亚大使。1965年，他作为驻日大使第三次被派驻东京。任上，他被诊断出患了肺癌，不得不返国治病。1967年9月24日，他在海牙辞世，享年五十七岁。

高罗佩一生以外交官为职业，辗转海牙、东京、重庆、南京、华盛顿、新德里、贝鲁特、吉隆坡等地，工作异常繁忙。尽管如此，他还是不忘初衷，挤出时间从事自己所喜爱的东方语言文化研究。他的研究兴趣很广，琴棋书画、小说戏曲无所不包，而且成果颇丰，几乎每隔一至两年就出版一本书。1941年由日本上智大学出版的《琴道》（*The Lore of the Chinese Lute*）是西方第一本系统介绍中国古琴的专著。在书中，高罗佩基于大量中国古代文献，对中国古琴的起源和特征、琴人的心境和原则、琴曲的意义和内涵、演奏的象征和意象，做了详尽的论述。而1944年在重庆出版的《明末义僧东皋禅师集刊》（*Collected Writings of the Ch'an Master Tung-kao，a Loyal Monk of the End of the Ming Period*），则是一部填补中国佛学史空白的开山之作。该书成书时间长达七年，期间高罗佩遍访中日名刹古寺、博物馆院，共觅得东皋禅师遗著和遗物三百余件。1958年，他耗时十余年完成的《书画鉴赏汇编》（*Chinese Pictorial Art as Viewed by the Connoisseur*）又在罗马远东研究社出版。全书内容分两部分，前一部分泛论中日屋宇的式样、书画的悬挂方法以及装裱技术的衍变，后一部分讲述毛笔的构造、墨的制作、纸绢的特质、书画真赝的鉴别，堪称一部东方艺术鉴赏大全。

不过，高罗佩的最大学术成就当属中国古代性文化研究。1949年，因日文版《迷宫奇案》的一幅封面裸体插图，高罗佩开始对中国古代性文化产生兴趣。他广集史料，探幽索隐，费尽周折收集历朝历代春宫画册，又参阅了一系列的明末情色禁书，终于辑成了中国古代性文化的拓荒之作《秘戏图考》（*Erotic Colour Prints of the Ming Period*，1951）。该书共分三卷。卷一《秘戏图考》是正文，用英语写成，分"上""中""下"三篇，讨论了自公元前226年至公元1664年中国历代王朝与性有关的历史文献、春宫画简史以及他所收藏的《花营锦阵》对题跋文字的注释和翻译，并附有"中国性术语"和"索引"。卷二《秘书十种》系中文卷，收录了卷一所引用的重要中文参考文献，包括《洞玄子》《房内记》《房中补益》《天地阴阳交欢大乐赋》《某氏家训》《纯阳演正孚佑帝君既济真经》《紫金光耀大仙修真演义》《素女妙论》以及《风流绝畅图》题词和《花营锦阵》题词。卷后有附录，分乾（旧籍选录）和坤（说部撮抄）两部分，所录各项均为极其珍贵的中国古代性文化研究资料。卷三《花营锦阵》影印了他所收藏的《花营锦阵》的所有春宫画，外加所题艳词。在这之后，高罗佩继续中国古代性文化研究，且时有新的发现，适逢荷兰图书出版商建议他撰写一部面向更多西方读者的中国古代性文化著作，于是便有了洋洋数十万言的《中国古代房内考》（*Sexual Life in Ancient China*, 1961）的问世。相比《秘戏图考》，该书的社会文化史研究气息更浓，且内容上有增补，还更新了许多旧的译文，添加了许多新的引文；观点上有修正，尤其是强调爱情的高尚意义，反对过分突出纯肉欲之爱。直至今日，该书仍是东西方性学家了解中国古代性文化的重要参考文献。

三

正是以上历史学、考古学方面的惊人成就，让高罗佩发现了《武则天四大奇案》等中国公案小说的价值，并选择性地翻译、出版了《狄公断案精粹》。在该书的"译者前言"，高罗佩指出，多年来西方读者所理解的中国侦探小说，无论是厄尔·比格斯（Earl Biggers, 1884—1933）的"查理·张"系列小说（*Charlie Chang series*），还是萨克斯·罗默（Sax Rohmer, 1883—1959）的"傅满洲系列小说"（*Fu Manchu series*），其实都是"误判"。真正的中国侦探小说是《武则天四大奇案》之类的中国公案小说。这类小说早在1600年就已经存在，时间要比爱伦·坡"发明"侦探小说的年代，或者柯南·道尔（Conan Doyle，1859—1930）"打造"福尔摩斯的年代，早出几个世纪。而且这类小说多有特色，主题之丰富，情节之复杂，结构之缜密，即便是按照西方的标准，也毫不逊色。然而，由于一些文化传统的原因，迄今这类小说不为广大西方读者所知。他呼吁西方侦探小说作家应该关注这一被遗忘的角落，积极改写或创作以中国古代清官断案为主要内容的侦探小说。[1]鉴于和者甚寡，1950年，他亲自操刀，尝试创作了以狄公为侦探主角的《迷宫奇案》，以后又费时十七年，将其扩展为一个有着十六卷之多的狄公探案系列。

而且，也正是以上历史学、考古学的惊人成就，让高罗佩在创作这十六卷狄公案时有意无意地融入了较多的中国古代文化元素。"漆画屏风""柳园图""朝云观""紫云寺""红阁子"，这些书名关键词本身就是一幅幅色彩斑斓的风俗画，给西方读者以丰富的中国古代文明想象；而小说中的许多故事场景，如"迷宫""花亭""半月街""桂园""乐苑""黑狐祠""白娘娘庙""罗县令府邸"，也无疑是一道道风味独特的精神大餐，令西方读者一窥东方建筑。此外，还有许多与案情有关的主题物件，如竖琴、棋谱、毛笔、画轴、香炉、算盘、绢帕，也不啻一件件极其珍稀的古文物展示，勾起了西方读者对中国传统文化的无限向往。

当然最值得一提的是，"狄公探案"蕴含的道家思想和诗化手段。在《迷宫奇案》，故事刚一开始，高罗佩就描绘了一个仙风道骨的太原府狄公后裔。他头戴黑纱高帽，身穿宽袖长袍，胸前白髯飘拂，举止谈吐不凡。正是他，讲述了狄公当年在兰坊县任上所破解的三桩命案。之后，故事套故事，小说中又出现了一个鹤发童颜、双唇丹红、目光敏锐

---

1　*Celebrated Cases of Judge Dee: An Authentic Eighteenth-Century Chinese Detective Novel*, Translated and With an Introduction and with Notes by Robert van Gulik, Dover Publications, Inc, New York, 1976, pp. i-v.

的道家隐士，他于狄公断案百思不得其解之际指点迷津。由此，狄公锁定了余氏财产争夺案的真正凶犯。同样高贵、脱俗、飘逸的道家隐士还有《项链·葫芦》中的葫芦老道。同传说中的道家神仙张果老一样，他骑着一头长耳老驴，鞍座后面用红缨带拴着一个大葫芦。小说伊始，在松树林，他不期而至，给不慎迷失方向的狄公指路。接下来，还是在松树林，他协助狄公击退了凶狠歹徒的袭击，让狄公得以完成公主的重托。末了，依旧在松树林，他再遇狄公，自报真名，细述身世，并赠予其大葫芦，然后语重心长地留下嘱咐：“大人，现在您最好把我忘了，免得将来还会想起我。虽说对于未知者，我只是一面铜镜，会让他们撞头；但对于知情者，我是一个过道，进出之后便了事。”[1]

显然，高罗佩在暗示读者，狄公之所以能屡破奇案，是因为有“高人”相助，而这“高人”并非别的，乃是他所信奉的“清静无为”“顺应天道”“逍遥齐物”的老庄哲学。事实上，现实生活中的高罗佩也是一个老庄哲学推崇者。在《琴道》的“后序”，高罗佩曾经谈到自己的抚琴体会，认为其秘诀在于遵循老子说的“去彼取此，蝉蜕尘埃之中，优游忽荒之表，亦取其适而已”[2]。接下来的正文，他进一步明确指出：“我认为道家思想对琴道衍变有决定性的优势，或者说，虽然琴道的产生及基本观念源于儒家，但内涵却是典型的道家。”[3]此外，在《中国古代房内考》中高罗佩也有类似的说法：“道家从自己与自然的原始力量和谐共处的信念中得出合理结论，并固定下来，称之为道。他们认为人

---

1　Robert van Gulik. *Necklace and calabash*. University of Chicago Press, Chicago, 1992, p. 92.

2　Robert van Gulik.*The Lore of the Chinese Lute: An Essay in the Ideology of the Ch'in*.Sophia University, Tokyo, 1941, pp. xiii.

3　Ibid, p. 49.

类的大部分活动，都是人为的，只起到疏远人和自然的作用，由此产生非自然的、人工的人类社会，以及家庭、国家、各种礼仪、专横的善恶区分。他们提倡回复到原始质朴，回复到一个长寿、幸福、没有善恶的黄金时代。"[1]

如果说，在狄公案中，道家思想是高罗佩欲以推崇的精神食粮和破案利器，那么效仿唐代传奇小说和明清章回小说，对小说故事情节做诗化处理，便是他编织案情的重要手段。这种诗化手段，在狄公案前期问世的一些卷册，如《迷宫奇案》《铜钟谜案》《黄金谜案》《湖滨谜案》，主要表现在每章有两句对仗工整的诗歌标题，以及正文起首插有几句韵味十足的题诗。前者起着点明全章主要内容的作用，而后者往往也从作者的视角，感叹世事人生、因果报应，同时赞誉清官替天行道、为民申冤，与正文叙述有着某种唱和的效应。如《黄金谜案》第三章诗歌标题"入县衙主簿慌张，闯后园狄公受惊"[2]，概括了该章主要描写狄公一行四人进了蓬莱县衙，并着手调查前任县令遇害案；而《湖滨谜案》题诗"神笔录尽人间事，万物皆有源与头；无奈凡夫灵犀欠，不谙其意枉自愁。公堂端坐父母官，生杀之权大如天；倘若心少浩然气，草菅人命臭人间"[3]，也以极其简练的语言，歌咏了天下之大，无奇不有，法网恢恢，疏而不漏，为民父母，除害雪冤，从而有效地呼应、烘托了

1 Robert van Gulik. *Sexual Life in Ancient China: A Preliminary Survey of Chinese Sex and Society from Ca. 1500 B. C. till 1644 A*. D.Leiden, E. J. Brill, 1974, pp. 42-43.

2 Robert van Gulik.*The Chinese Gold Murders: A Judge Dee Detective Story*. Perennial, An Imprint of Harper Collins Publishers, New York, 2004, p. 20.

3 Robert van Gulik. *The Chinese Maze Murders: a Chinese detective story suggested by three original ancient Chinese plots*. The University of Chicago Press, Chicago, 1997, p. 1.

小说主题。狄公案后期问世的一些卷册，如《漆画屏风奇案》《御珠奇案》《紫云寺奇案》《黑狐奇案》，尽管考虑到西方读者的持续接受程度，不再有如此诗化形式，但仍出现了相当数量的对仗工整、韵味十足的诗歌。这些诗歌多半与案情相互交织，成为案情侦破的关键。以《漆画屏风奇案》为例，在正文第十一章，狄公偕竹香去地下的妓院暗访，看见床壁上贴有一首七言绝句，并从前后两句的字迹，推测是年轻画家冷德和腾夫人银莲合写，也据此断定此前滕知县所说"生死伉俪"完全是编造的。一个由婚姻不幸导致妻子出轨、继而被杀的复杂命案终于大白于天下。

## 四

然而，高罗佩并非不分良莠、一味地融入中国古代文化元素。也还是在他的《狄公断案精粹》的"译者前言"，高罗佩总结了《武则天四大奇案》等中国古代公案小说的五大"弊端"。首先，小说伊始即介绍罪犯，细述犯罪的经过和动机，从而丧失了故事基本悬念。其次，崇尚神鬼等超自然力量，法官能潜入冥王地府与受害者对话，动物、炊具也能上法庭做证。再有，故事冗长，情节拖沓，动辄数十章，甚至数百章。再有，出场人物过多，难以分清主次、理清线索。最后，惩罚罪犯过分，残忍地诉诸暴力。[1]

---

1  *Celebrated Cases of Judge Dee: An Authentic Eighteenth-Century Chinese Detective Novel*, Translated and With an Introduction and with Notes by Robert van Gulik, Dover Publications, Inc, New York, 1976, pp. ii-iv.

以上"弊端"，高罗佩在创作狄公案时已经剔除。整个谋篇布局，仍沿用西方古典式侦探小说的创作模式，并突出运用了许多行之有效的创作技巧。譬如阿加莎·克里斯蒂式的"高度悬疑"，几乎每卷都有这样的设置。典型的有《紫云寺奇案》，故事一开始，读者就被置于紧张的悬疑之中而不能自拔。漆黑的寺庙外，隐约现出一块溅洒鲜血的石头；一对男女鬼鬼祟祟，借着微弱的灯笼光线朝井边拖拽尸体。他们是谁？为何要弃尸古井？被害者又是谁？但未等读者找出答案，新的悬疑接踵而至。从古董店买来贺寿的紫檀木盒，莫名其妙地留有求救纸片。一夜之间，国库五十锭金变成一堆铅条。而原本是两个无赖之间的争斗命案，凶手却要费事地剁下受害者的头颅？并且，狄公的得力助手两次险遭杀害，衙役们已是一死一重伤。直至最后，罪犯一一被擒获，狄公细述案情，所有谜团解开，读者才恍然大悟。原来百年寺庙早已成了藏污纳垢之地。而《朝云观奇案》的悬疑设置更有特色，整个故事情节集中在一个密闭时空，命案迭起，案中有案。狂风暴雨夜，狄公一行人前往百年道观借宿。倏忽间，对面塔楼现出一男与一残臂裸女相搂的身影。此前，已有三个年轻女子在那里蹊跷身亡。紧接着，戏班子又有伶人"假戏真做"，险些酿成大祸。狄公循迹调查，又遭人暗算。更不可思议的是，众目睽睽之下，前任住持玉镜讲道时突然"仙逝"。之后，现任住持真智又坠楼暴毙。种种蛛丝马迹，指向道观一个辞官修道的孙太傅。然而他为何要谋害数条人命？又能否逃脱法律制裁？如此悬疑，一直持续到小说结束。

又如柯南·道尔式的"科学探案"，这一技巧的运用集中体现在小说主要人物形象的提升和重塑。在高罗佩的笔下，狄公已经不单是那个为政清廉、刚正不阿、体恤民生，只凭聪明才智断案的青天大老爷，而是融博学、勤政、亲民于一身，依靠仔细调查和缜密推理破案的"科学"神探。他手下的几个随从，马荣、乔泰、陶干和洪亮，也一改"四肢发达、头脑简单"的性格描写窠臼，变成有血有肉、智勇兼备的破案搭档。作为一方父母官，狄公不但熟悉辖区具体政务，还擅长同各种各样的人打交道，了解他们的喜怒哀乐和实际需求。尤其是，他深谙犯罪心理学，勤于现场勘查，善于从蛛丝马迹中寻找破案线索，并层层剥茧抽丝，缜密推理。在《漆画屏风奇案》第五章，高罗佩以十分细腻的笔触，描述了狄公如何在沼泽地查看一具女尸的情景：

> 狄公重新掀开裹盖女尸的袍服。除了那袍服外，女尸一丝不挂，一把短剑从左侧乳房直插胸部，露出剑柄。剑柄周围有一摊干涸的血。他继而细看那剑柄，发现质地为白银，上面镂刻了美丽的花纹，不过年代已久，呈现出黑色。他断定，这把短剑是一件稀世古董，只因那个乞丐不识货，在盗窃耳环和手镯的时候，没有将它拔出带走。他摸了摸那只乳房，表面冷而黏湿，接着又抬起她的一只胳膊，觉得还有弹性。看来，这个女人被害的时间不过几个时辰。他想着，这安详的神态，简便的发型，裸露的胴体，赤裸的双脚，都说明她是在床上熟睡时被害的。[1]

这段描写，与柯南·道尔在《巴斯克维尔的猎犬》中描述福尔摩斯现场勘察爵士死因简直有异曲同工之妙。不过，高罗佩没有无限拔高狄公，

---

1 Robert van Gulik. *The Lacquer Screen: a Chinese Detective Story*. The University of Chicago Press, Chicago, 1992, p. 52.

而是描写他有时也会被假象蒙蔽而犯错，也会因怀疑自己判断有误而心虚。此外，他还有七情六欲，不但娶有三房夫人，还看见美丽、善良的女人就动心。《铁针谜案》中暗恋郭夫人便是一例。小说描写了狄公邂逅这位容貌端庄、知书达理的仵作妻子后的种种爱慕心理。当获知她同样以铁针杀害了自己无恶不作的前夫后，狄公陷入了矛盾，欲绳之以法又心中不忍。郭夫人跳崖自尽后，狄公一夜未眠，"他感到非常疲惫，想过平静的退隐生活。但随之他明白，自己不能这样做。退隐意味着不想担当任何责任，而他却有太多的责任"[1]。这也令人想起英国侦探小说大师埃·克·本特利（E. C. Bentley, 1875—1956）在《特伦特绝案》中所描写的那个"已食人间烟火"的大侦探特伦特，他在推断门德尔松夫人杀害自己丈夫之后，选择了悄悄离去，因为门德尔松敛财堕落，消除他等于消除了罪恶。

再如约翰·卡尔的"密室谋杀"。所谓密室谋杀，是指罪犯在一个完全封闭、看似无法出入的空间环境内所实施的谋杀，往往产生一种独特的惊悚、神秘的效果。高罗佩似乎谙于这一技巧，在大部分卷册都有展示。《红阁子奇案》中的举人李琏和花魁娘子秋月先后"自杀"，显然是一种密室谋杀，因为两人均死在卧室，房门紧锁；而《朝云观奇案》中的前任住持玉镜"讲道时突然仙逝"，也是与密室谋杀不无联系，因为众目睽睽之下，凶手没有任何作案机会。最令人玩味的是《迷宫奇案》中的丁将军被杀案。高罗佩先是在第八章，透过狄公的视角，描述了十分密闭的案发现场：

1  Robert van Gulik. *The Chinese Nail Murders*. The University of Chicago Press, Chicago &London, 1977, p. 200.

狄公迈步跨过书斋门槛，举目环视。书房很大，呈八边形，墙上高处有四扇小窗，窗纸莹白，阳光透过窗纸，漫入室内甚是柔和。窗户上方，有两个小孔，供通风之用，均有栅板相隔。除了窄门，书斋墙上再别无其他开启之处。

　　书斋中央正对门放着一张乌木雕花大书案，只见一人身穿墨绿锦缎便袍软软地伏于书案之上。此人头枕弯曲左臂，右手伸于书案之上，手中握有一红漆竹制狼毫，一顶黑色丝帽掉落于地，灰白长发暴露无遗。[1]

　　接着，他又借陶干和丁秀才之口，说明了凶手不可能自由进入案发现场的缘由。一是房门乃进入书斋的唯一通道，墙壁、书架上的窗户和挡有栅板的通气孔洞以及窄门，均未见暗道机关；二是丁将军先亲自开锁进入书斋，丁秀才跟着进入下跪请安，其时管家就站在丁秀才身后，直至丁秀才起身，丁将军才将房门合上，而平时书斋房门总是紧锁，唯一的钥匙也由丁将军随身携带。但就是这样一个看似无法破解的密室谋杀案，狄公通过仔细调查和严密推理得出了答案。原来杀死丁将军的是他手上执握的那管珍贵的狼毫。之前凶手将狼毫作为寿礼送给了丁将军，但狼毫内藏有浸透毒液的飞刀，上有弹簧，用松香封住。丁将军初次写字时，自然要烧掉狼毫笔端的毛刺，于是松香受热，弹簧启动，飞刀弹出结果了他的性命。

　　此外，还有盖尔·威廉（Gale Wilhelm, 1908—1991）的"女同性恋描写"，也对高罗佩的狄公案创作产生了较大的影响。尽管小说没有出

---

1　Robert van Gulik.*The Chinese Maze Murders: a Chinese detective story suggested by three original ancient Chinese plots*.The University of Chicago Press, Chicago, 1997, pp.88-89.

现任何女同性恋侦探，但出现了相关人物和细节描写，而且这些描写往往与案情的发展有关，甚至成为案情侦破的关键。仍以《迷宫奇案》为例。在该书的第二十四章，高罗佩几乎用了整整一章的篇幅来描绘女同性恋李夫人的外貌以及看见黛兰时的异样神态：

> 黛兰看那李夫人，面相周正，但五官略嫌粗大，双眉稍浓……黛兰燃旺灶内余火……顷刻厨房香味扑鼻……然而李夫人只吃了半碗便放下碗筷，将手置于黛兰膝头……角落里有两只水缸，一冷一热……黛兰提起热水缸盖……快速褪去衣裤，舀了几桶热水倒在盆内。待其舀取冷水时，猛地听得身后有异动，旋即转过身去……李夫人边说，边盯着黛兰。黛兰顿时觉得十分惧怕，忙俯身捡取衣裤。李夫人走上前来，霍地从黛兰手中夺走下衣，厉声问道："你怎么又不沐浴了？"黛兰惊得忙赔不是。李夫人猛地将黛兰拽到身边，轻声说道："姑娘何须假正经！你这身段甚是漂亮！"

当然，像盖尔·威廉的《我们也在漂浮》（*We Too Are Drifting*，1934）一样，高罗佩如此不厌其烦地细述女同性恋性爱的目的是给接下来的情节高潮做铺垫。果真，李夫人求爱不成，便凶相毕露，并丧心病狂地用白玉兰之死来威胁黛兰。只见她将布帘一拉，梳妆台现出白玉兰的血淋淋头颅。正当李夫人的尖刀刺向黛兰之际，窗外跃入了彪形大汉马荣，眨眼工夫他便打落了尖刀，又将李夫人的双手绑定。至此，白玉兰失踪案告破。

立足西方古典式侦探小说创作模式，选择性融入中国古代文化元素，一切以故事情节生动为准则，高罗佩的十六卷"狄公案"就是这样成为早期西方历史侦探小说的成功范例，同时也赢得世界千千万万读者的青睐。

黄禄善

2017年10月26日

黄禄善，上海大学外国语学院教授，上海作家协会会员、上海翻译家协会理事，英国皇家特许语言家学会中国分会副会长。译有《美国的悲剧》等十部英美长篇小说，主编过八套大中小外国文学丛书，其中由长江文艺出版社、花城出版社出版的"世界文学名著典藏"（精装豪华本）近二百卷。

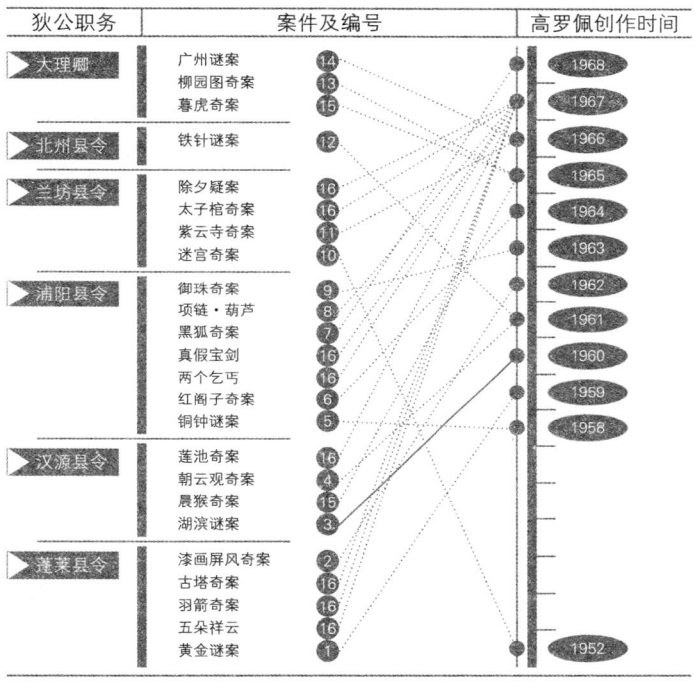

| 狄公职务 | 案件及编号 | 高罗佩创作时间 |
|---|---|---|

大理卿 — 广州谜案 ⑭ / 柳园图奇案 ⑬ / 暮虎奇案 ⑮ — 1968 1967

北州县令 — 铁针谜案 ⑫ — 1966 1965

兰坊县令 — 除夕疑案 ⑯ / 太子棺奇案 ⑯ / 紫云寺奇案 ⑪ / 迷宫奇案 ⑩ — 1964 1963

浦阳县令 — 御珠奇案 ⑨ / 项链·葫芦 ⑧ / 黑狐奇案 ⑦ / 真假宝剑 ⑯ / 两个乞丐 ⑯ / 红阁子奇案 ⑥ / 铜钟谜案 ⑤ — 1962 1961 1960 1959 1958

汉源县令 — 莲池奇案 ⑯ / 朝云观奇案 ④ / 晨猴奇案 ⑮ / 湖滨谜案 ③

蓬莱县令 — 漆画屏风奇案 ② / 古塔奇案 ⑯ / 羽箭奇案 ⑯ / 五朵祥云 ⑯ / 黄金谜案 ① — 1952

高罗佩·大唐狄公探案年表

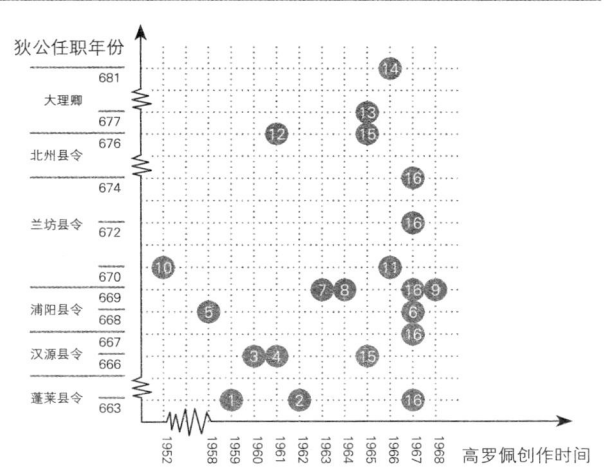

狄公任职年份
681
大理卿
677
676
北州县令
674
兰坊县令
672
670
669
浦阳县令
668
667
汉源县令
666
蓬莱县令
663

高罗佩创作时间
1952 1958 1959 1960 1961 1962 1963 1964 1965 1966 1967 1968

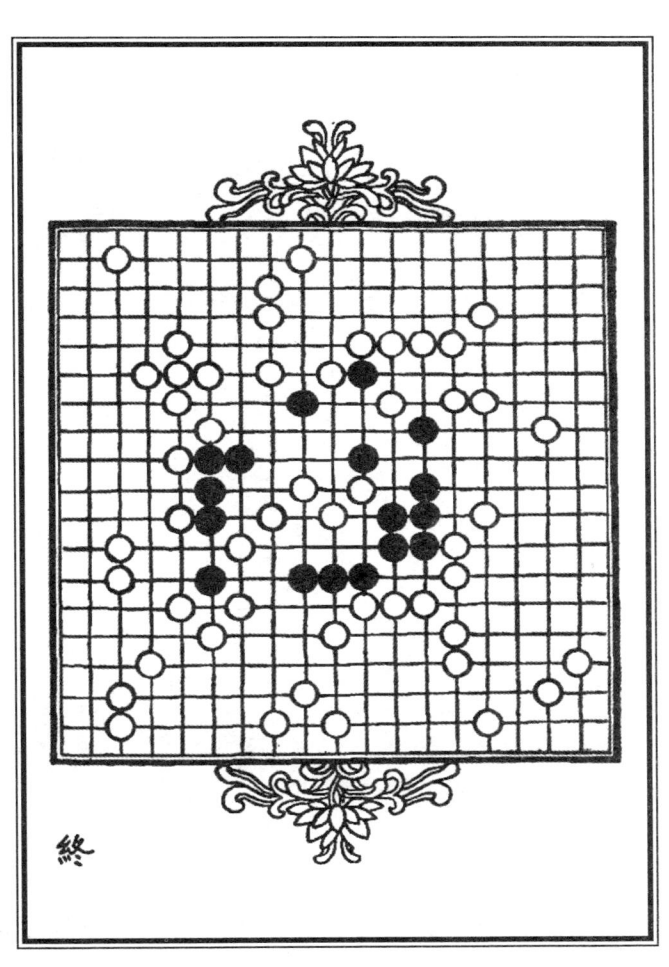

終

书中主要人物

湖滨谜案

# 目录

湖滨谜案

一

▼

染奇恙大理正忏罪
登花船狄公赴佳宴

诗曰：

　　神笔录尽人间事，万物皆有源与头；

　　无奈凡夫灵犀欠，不谙其意枉自愁。

　　公堂端坐父母官，生杀之权大如天；

　　倘若心少浩然气，终留骂名在人间。

　　效忠圣贤的大唐明皇二十余年，大概可以称得上是政绩彪炳青史吧！先父身处朝廷五十载，最终被委以同中书门下三品，堪称耿耿忠心矣！先父临终时，已届古稀之年。再过三日，我也将至不惑之年。不知上苍能否赐幸于我？

而今我备受病体折磨，心力交瘁。每当我神清气爽之时，思绪便会回到往昔。那已是我唯一的解脱。四年前，我升迁大理正一职。那时我年方三十又五，正值壮年。对此等荣耀之事，同僚无不称美，以为我从此官运亨通，前途不可限量。我自己也颇为得意，朝廷还赏赐我如此美宅。每当我牵着爱女在宅内后花园里漫步时，心中更是暗自庆幸。那时她虽年幼，却已能报出园内各种花名，二人好不自在！四个年头，仅仅过了四个年头，一切却已恍如隔世！

　　你的阴魂又在向我逼近。我吓得缩成一团，只能俯首从命。为何连片刻的喘息也不肯给我？我已遵照你的旨意去做了。一个月前，我从不祥之地汉源城的邪恶湖边回来之后，即遵从你的意愿，即刻为我女儿的婚嫁选定了黄道吉日。她现已成婚，你还要逼我做什么？我痛楚难忍，五官麻木，已听不明白你的话了。你说……你说……你说要让我女儿知道真相？老天，饶了我吧！那会伤她的心，那将毁了她……不，不！请不要害我，我遵命，我照办，切不要伤害我……我写！我写！好，我写！

　　一个又一个不眠之夜，我写了又写。你这个毫不留情的刽子手，高高在上，寸步不离地盯着我。你说别人是看不见你的，那难道是我脸上有印记，让人知道我将不久于人世吗？我在回廊上遇见爱妻宠妾，她们个个匆忙转过身去，装作没看见我。我在衙门翻阅案卷时，别的官员盯着我看。他们低首翻阅案卷时，我发觉他们双手紧紧攥着近来才挂在身上的护身符。他们一定知道，我从汉源回来后不只是身体染恙。罹病在身能招人同情，但是鬼魂缠身，别人就避之唯恐不及了。

他们不知个中实情。知道实情，他们定会怜我，可怜我自作自受，遭此折磨；可怜我苟延残喘，枯待死期来临。刽子手逼着我，用刀子割我身上的肉，一块接着一块……连日来，我已写了封封信笺，呈递了份份密件，它们就如同是我身上割下的肉。我曾于官府衙门上上下下精心编织的密如蛛网的关系，现今正一丝一丝地被割断。希望消遁，幻想破灭，美梦将成泡影！一切的踪迹荡然无存，事情真相无人知晓。我甚至奢望朝廷能以大臣之礼为我发丧，表彰我前途无量、兢兢业业，只因痼疾缠身而亡。不错，痼疾缠身，直至一无所有，仅剩一具躯壳。

现在，时辰已到。刽子手只需拿起利刃向痛苦万状的囚徒砍去，给他致命的一刀，从此一了百了。然而，可怕的阴魂，你为何要延续我的痛苦？你的名字叫什么花，对吧？花儿何以非要将我的心撕成碎片？要逼我去伤我爱女的心？她是无辜的，她什么也不知道呀……是，是，我听着。可怕的女人，我听着。你令我把一切写下来，让我爱女知道真相，告诉她上苍为何不让我痛快地了断自己，而让我痛苦地苟且偷生于你的手掌心，以使我悔悟往昔……

好吧！我爱女应该了解真相。我要告诉她我如何在湖边与你幽会，告诉她你对我讲述的故事，我要把一切一切都告诉她。我敢断言，如若苍天有眼，爱女定会宽恕我这个罪人。你当然不会饶恕我，你只有怨恨，你是怨恨的化身。你将与我同归于尽，永不复生。不要拉住我的手！你命我写，我已照办。愿苍天大发慈悲，怜悯我，也怜悯你。我终于认清你是谁，虽然为时已晚。你不会无缘无故来找我。你的阴魂不散，缠住恶贯满盈的人，直到他们的末日来临。

下面便是事情的真相。

朝廷派我前往汉源县勘查一宗侵吞官银的案子。朝廷怀疑当地官吏与此案有染。那年春天来得早，天气温暖，撩人心绪。我曾想带爱女前往，可一转念，我还是携爱妾菊花同行，希望借此抚慰我纷乱的心境。菊花一直与我恩爱有加——虽然，这已成为过去。到了汉源县城，我才意识到我的希望落空了。原以为因此可以远离她的阴影，未料想她无处不在。她的阴魂不离我左右，连我抚摸菊花那双可爱纤细的小手都不可能。于是，我倾注全力审理案情，以此忘却烦躁与不安。

数日，我便了结了案子，案犯竟是京城来的文吏，他本人也供认不讳。当地官府为表谢意，在我临别的前夜，特为我在柳巷设宴饯行。柳巷素以绝色歌伎舞姬闻名。主人席间对我办案之神速、果断称美不已，同时也为我此次未能领略杏花的绝妙舞姿而深表歉意。据主人称，杏花乃柳巷颇为出色的舞姬，连杏花这个名字亦沿用了当地历史上一位绝色佳人的芳名。这位杏花姑娘就在那天早晨突然失踪，不知去向了。主人还说，如若我能在汉源多停留数日，定能为他们解开这个谜。主人的溢美之辞令我酒兴更浓，比往常多饮了几杯。是夜，我返回下榻的客栈，仍觉精神亢奋，心中不免为前景灿然而欣喜，从此抑或能摆脱可怕的阴影。

菊花在房中等我。她身着一袭桃红色的衣裙，姣好的身段尽现柔美。那双迷人的眼睛望着我，顾盼生辉。我正欲将菊花揽入怀中，猛然间，那可怕的阴影却又浮现。我顿觉木然。

湖畔的邂逅（高罗佩　绘）

我浑身剧烈地颤抖，口里喃喃不知所云。我跑出房外，来到庭院。我感到胸闷难耐，想透口气，但庭院同样闷热异常，遂欲离开客栈去湖边走走。我踮着脚，轻手蹑足地绕过酣睡着的看门人，来到人迹稀少的街市。我走到湖边，止住了脚步，望着平静的湖水，久久没有挪动身子，心中满含绝望。我精心策划，煞费苦心，难道就真的无济于事吗？我连堂堂正正做人都不能，还能做个人上之人？也罢，我终于有了了断一切的念头。

　　决心已下，人反而觉得平静了许多。于是，我敞开紫色长衫，将黑色纱帽顺着渗出汗珠的前额向上推了推，便沿着湖岸悠闲地踱起方步来。我想寻觅一处可以一了百了的所在。这时，我嘴里不禁哼起了小调。我寻思着，趁着红烛尚且高照，金樽美酒尚且温热，离开雕梁画栋的华屋一走了之吧。机不可失，时不再来。我欣赏着四周的美景：左边的杏树上盛开着粉白的花朵，在温暖的春夜中散发着浓郁的芳香；右边浩瀚的湖面上泛着银白的月光。

　　在一条蜿蜒曲折的小径转弯处，她又出现了。

　　她站在离湖水很近的岸旁，一袭白色衣裙，一条绿色的腰带，发间插着一朵白色的莲花。她转身望向我时，月光正映照着她俏丽的脸庞。霎时间，我明白这女人又要摧毁我本已无力的决心了。这是天意，天意使然啊！

　　她也心照不宣。我朝她走去，她没有客套和寒暄，径自开口说道：

　　"今年春天的杏花开得真早啊！"

　　我回答道：

"不期而遇，令人喜出望外！"

"是吗？"她的微笑中带着讥讽，"来，我带你去看看我刚才坐过的地方。"

她在树丛中穿行，我随后跟着。我们来到小径旁的一块空地，并肩坐在小坡的草丛中。缀满杏花的树枝低垂，俨然像一顶天然的华盖。

"奇怪，"我握着她冰凉的小手，喜形于色，"真像是仙境一般！"

她只是笑笑，用眼角瞟着我。我抱住了她的腰肢，把嘴凑向她滋润鲜红的双唇。

她解除了我心头符咒般的郁闷，她的拥抱给了我融融暖意。情欲如火，驱散了我心中的伤痛。我喜不自禁，暗暗庆幸这世间美好如故！

月光将树影照在她美丽润滑的胴体上。我用手慵懒地摩挲着她半掩在树影中的白皙如玉的肌肤，口中喃喃说着符咒之类的呓语。我猛然觉得失言。她坐起身子，用手拂去飘落在她无瑕酥胸上的花瓣，说道：

"从前，我也听见有人说过这样的话，"接着她迟疑地问我，"告诉我，你可是县令？"

我用手指着挂在树枝上的纱帽，月光正照在官帽的嵌玉上，我带着一丝苦笑，说道：

"我是朝廷派来的大理正，官衔比县令高呢！"

她会意地点了点头，又躺了下来。圆润的双臂枕于头下。她沉吟片刻，说道："有个故事，关于一位聪明过人的父母官的，你想听听吗？他很久以前在汉源做过县令，那时……"

听着她轻声细语，委婉动人的声音几乎让我忘了时辰。她沉默了片刻，一阵不寒而栗的恐惧攫住了我，我霍地站了起来，披上紫袍，佩上腰带，戴上乌纱，声嘶力竭地喊道：

"不必编造故事来诓骗我！你说！你是如何探知我的实情的？"

她笑着抬起头，两眼直视着我，朱唇微启，撩人心扉。

她的妖媚动人平息了我的怒气。我跪倒在她面前，大声叫道：

"你如何探得实情，与我无干，我更不想知道你姓甚名谁，家住何方。但我必须告诉你，我的苦心经营无懈可击，比你的故事还要高明百倍！我可以对天起誓，只有你才是我的主宰！"

我动情地看着她，并拿起她的衣裙，接着说道："湖上起风了，小心着凉！"

她轻轻地摇摇头，我起身将衣裙盖在她赤裸的身上。这时，远处传来了嘈杂的人声。

来了一群人，使我颇为尴尬。我立即用身子挡住了半卧半躺在草丛中的妇人。人群中有一位长者，我认出是汉源县的县令。他看了我一眼，连忙施礼道：

"大人，想不到你竟然找到她了！"语气中满是钦佩和敬意。"今天夜里，我等去搜寻她在柳巷的住处，发现桌上留着一张便笺，我等便沿着湖边寻来。大人这般神速查访到此，实在令人惊讶！不过，大人，何劳您亲自将这女子打捞上岸呢？"说完，那县令吩咐手下人："快把异床抬过来！"

我急忙转身，只见湿淋淋的素白衣裙像裹尸布般紧贴在她身上，满是湖泥的水草和她的几绺秀发一起黏在她那没有一点生气的惨白面庞上。

夜色降临。狄公正在县衙官邸的楼厅露台上品着香茗。他端坐在靠近雕花石栏杆的一把太师椅上，眺望着汉源的景色。

脚下已是万家灯火。百姓的房屋鳞次栉比，远处是一汪平静幽深的湖水，湖那边是夜雾笼罩下的山峦。

白天暑气逼人，入夜后愈加闷热难当，连树叶都纹丝不动。狄公穿着锦缎官服，感到不太自在，不时动动肩膀。静候在一旁的老人关切地望了主人一眼。今晚，汉源县的乡绅名士将在湖中花船上为狄公设宴接风。他想，天气要一直这么闷热，盛宴一定无法尽兴。

狄公用手缓缓捋着他胸前的美髯，两眼不经意地看着湖上晚归的渔夫正将小船划向船埠。远处的渔船星星点点。望着渔夫和小船渐渐从视线中消失，狄公猛然抬头对身旁的老人说道：

"参军，这城的四周并无高墙，让人感到不安。住在这样的地方总不太习惯哪！"

"大人，汉源离京城不过二百里路，"长者说道，"朝廷的羽林军随时可以赶来待命；另外，州府的军卒也……"

"不错，但我关心的不是兵家之争。"狄公有些不耐烦地打断了长者的话，"我是在考虑这城内的安全。我觉得此处民情纷繁复杂，我等初来乍到，对一切不甚了然。若是城周筑有高墙，入夜可以关闭城门，我们对城内的动静便可掌控。如今，城周无高墙防范，城边又是山峦湖泊相连……来往人群混杂，难免泥沙俱下。"

老人摸着凌乱花白的胡须，不知如何作答。老人名叫洪亮，是狄公不离左右的随从。当年，他曾是狄府的家仆。狄公年幼时，洪亮便常常将其抱在怀中。三年前，狄公被派往蓬莱担任县令，洪亮不顾年高执意一同前往。随后，狄公又任命洪亮为参军，此举无非是给洪亮一个闲职，其本意是让洪亮做他的高参，便于同他商讨疑难案情。

"洪亮，我们到此已两个多月，"狄公接着说道，"可是衙门至今尚未接到一宗要案。"

"那说明，"洪亮道，"汉源的百姓本分守法呀，大人。"

狄公摇摇头。

"不，洪亮，"狄公说道，"那说明百姓没有对我们告之实情。你适才说，汉源离京城不远。但汉源靠山近湖，与外界几乎隔绝，外乡人很少在此定居落脚。城内社会关系盘根错节，一旦有案情发生，他们对我这个外乡来的县令一定守口如瓶。我再次提醒你，这里民情纷繁复杂，绝不像我们表面看到的那样太平。还有，有关湖上的那些离奇传说……"

狄公欲言又止。

"大人相信这些传说？"洪亮急忙问道。

"相信？不，我权且当作传闻罢了。但是，我听说，去年就有四条人命葬身湖水，而且尸体至今尚未找到。我……"

说话间，两个伟岸健硕的壮士身着便服、头戴玄色小帽走上露台。他们是马荣和乔泰，是狄公的左臂右膀。他们身高近六尺，有着武林人士一般宽阔的肩膀和粗壮有力的颈脖。两人恭敬地向狄公抱拳施礼后，马荣说道：

"赴宴的时辰已近，大人！轿子已经备妥。"

狄公起身，凝神看了看面前的两条汉子，他们过去曾是"绿林好汉"。三年前在荒郊野外一条人迹罕至的小路上，两人与狄公遭遇并打斗一番。狄公临危不惧，两人为狄公之坚定镇静所折服，遂表示愿意弃暗投明，跟随狄公。狄公也被两人的诚意所打动，决定收留他们。狄公的这一决断日后证明确是英明之举。马、乔二人令歹徒胆寒，对狄公一片赤诚；在捕获凶残案犯以及执行紧急公务时，两人表现得更是神勇，身手不凡。

"我适才对参军说，"狄公告诉马荣和乔泰，"城里民情纷繁复杂，可我们皆被蒙在鼓里。此次赴宴花船，你等可劝宾客畅怀痛饮，趁他们觥筹交错之际，听听他们说些什么。"

马荣、乔泰听后不禁开怀大笑。他们原是饮酒高手，狄公此言正中下怀。

四人沿着石阶下楼来到中庭，官轿已等候在此。狄公与洪亮一同上轿，十二名轿夫将轿杠搁在长满老茧的肩上。两名衙役提着写有"汉源县衙"字样的灯笼走在前面，马荣和乔泰跟在轿后，随后便是六名戴着头盔、身穿铠甲、腰缠红带的官兵。

衙役打开厚重的、饰有铁钉的县衙大门，于是一行人上了大街。轿夫步履稳健地踩在石阶上，向城中走去，不久便来到了孔庙前的闹市口。那里人头攒动，百姓们在点着油灯的食摊前流连。衙役一边敲着大锣，一边大声吆喝：

"回避！回避！县令大人驾到！"

人群向两旁退去，男女老少的脸上露出敬畏，目送一行人穿街而过。

　　他们前呼后拥顺着路向坡下走去，经过一片穷街陋巷之后，便来到通往湖边的街道。约莫走了一里半路的光景，终于进了一条柳树成荫的胡同。这便是柳巷，是歌伎舞姬云集的场所。只见每座楼前都挂着缤纷的彩灯，丝竹弦歌在夜空中飘荡着，姑娘们穿着艳俗的衣裙倚一边在楼上红漆的回廊栏杆边叽叽喳喳地闲聊，一边注视着这一行人的到来。

　　马荣平日里自称是个酒色之徒，且颇感得意。他这时急切地抬头，目不转睛地看着楼上如云的美女。他相中了一个圆脸、丰满、讨人欢喜的姑娘，她正俯身在大楼的栏杆处。马荣用力对她挤了挤眼，那姑娘也会意地对他笑了笑。

　　轿夫放下了狄公的官轿。身穿锦缎长衫的本地缙绅已站在那里迎候多时。一位身材高大、穿着绣有金色团花的紫色长袍的员外走上前来，向狄公作揖施礼，寒暄致礼。他是当地的富豪地主韩永涵，汉源县的名流。他家世代居住在此，其气派非凡的宅邸坐落在山腰，与县令的官邸相距不远。

　　韩员外与狄公登上一条泊在船埠的花船。花船富丽堂皇，甲板恰好与船埠平齐；船舱的廊檐下挂满了彩灯，将花船照得金碧辉煌。当他们由舱门步入宴厅时，坐在门边的乐手们奏起了欢快的迎宾礼乐。

　　韩员外引着狄公穿过铺着地毯的宴厅，来到置于宴厅深处的主桌边，请狄公坐在上首；其他宾客则在主桌后面两张相对而放的桌子前就座。这两张桌子与主桌恰好成弧形。

狄公饶有兴味地审视下四周。他常听人谈论汉源的花船，那是水上供人聚谈玩乐的地方，既有美酒佳肴，又有美女陪伴，客人还可在那儿过夜。今天排场之奢华出乎他的意料。花船宴厅约三丈长，两边竹帘低垂，红漆的舱顶上吊着四只彩绘的大灯笼，木柱精雕细刻，流光溢彩。

船身轻轻摇动，离开了埠头。当乐声停歇时，可以听见从底舱传来船夫们有节奏的摇橹声。

韩员外为狄公一一引见宾客。在右首桌上座的是位面目清癯的老人，背稍稍有些佝偻。他叫康伯，是富甲一方的丝绸商。他向狄公欠身致礼时，狄公注意到他有点紧张，双唇微微颤动，眼睛左顾右盼。坐在康伯旁边的叫康仲，是康伯的兄弟。康仲长得脑满肥肠，显得趾高气扬。狄公暗自寻思，兄弟俩的容貌和品性竟然如此大相径庭，叫人难以置信。同桌坐的第三位宾客，人称王员外，五短身材，态度傲慢，是金银首饰行会的会首。

对面桌子的上座叫刘飞坡，只见身材高大，肩膀宽阔，身穿一件绣有金色花纹的褐色袍服。他头戴薄纱小帽，宽大黝黑的脸膛上显露出威严，加之他一脸粗黑的络腮胡，让人觉得他更像是官场中人。然而，韩员外对众人介绍说，他是来自京城的富商，其豪华的避暑山庄就建在韩员外的宅邸旁边。每到夏天，刘公就在那里消暑纳凉。与刘飞坡同桌就座的还有彭员外和苏员外，他们都是银器行和玉器行会的会首。狄公对两位商界名流之间的莫大差异留下了深刻的印象：彭员外又老又瘦，两肩瘦削，胡子花白；而苏员外则年轻健硕，两肩厚实，脖颈粗壮，俨然一副武林中人的做派，但粗犷的脸上却现出阴郁的神情。

韩永涵击掌示意，乐手们吹响了欢快的乐曲。四名仆役托着酒菜进入宴厅，来到狄公右边，将酒菜放至桌上。韩员外举起酒杯，祝词开筵。

众宾客品着菜肴，韩员外侃侃而谈。显然，他是一位颇有雅趣和学识之人，但是狄公觉察到，韩员外谦恭的言辞中似乎缺少些许诚挚。一开始，韩员外言语谨慎，面面俱到，然而酒过几巡，他便稍微放松了些。他笑着说道：

"狄大人只喝了一杯吧？我可已经干了五杯了！"

"我喜饮好酒，"狄公答道，"而且像今晚这么丰盛的宴席，我方才饮酒。韩员外如此款待，实在是盛情难却呀！"

韩员外欠身说道：

"我等祝狄大人在本城起居安适，生活康乐。不过，我等俗人恐难让大人尽兴，况且这里穷乡僻壤，民风淳朴，想来无甚要事劳烦大人吧？"

"我已略略阅过县衙内的卷宗，"狄公说道，"汉源百姓可谓勤勉守法，真乃本县之大幸哪！至于说到穷乡僻壤，韩员外则是过谦了。且不说你自己，就是朝廷的要员梁孟广大人，不是也将汉源择为自己的隐退赋闲之地吗？"

韩员外举杯为狄公敬酒，然后道："梁大人能来此赋闲真是抬举汉源县了。无奈梁大人这半年来身体抱恙，我等未能有机会聆听教诲，不胜遗憾。"

韩员外将酒一饮而尽。狄公觉得韩员外不愧为海量。他接过话头，道："半月之前，我曾求见梁大人，方才得知他身体有恙。想必无甚大碍吧？"

韩员外凝视了狄公片刻，然后答道：

"梁大人已入耄耋之年。平时除了偶为风湿和眼疾所扰外，身体一直康健。然而，这半年多来，他的神志……呃……狄大人，你不妨问问刘公，他们两家的后花园紧紧相邻，他可能常常见到梁大人。"

狄公闻言，不禁马上转换话题，说道：

"得知刘公在商界得意，我颇感意外。刘公本应是驰骋官场的高才呀！"

一听此话，韩永涵对狄公耳语道："大人此言极是。刘公乃京城名门之后，他的父母一直希望他能平步官场，无奈他两次落第。如此打击令他伤心不已，故而投笔从商。孰料他商场得心应手，在本州府之内已是家财万贯。他的商号遍布各地，因而常常周游四方。大人，请切勿对他言及此事，也不可提到这是我向你说的。你知道，这件事至今仍是他的一块心病！"

狄公点头称是。韩永涵继续饮酒，狄公则漫不经心地听着两边桌上宾客的闲谈。只听踌躇满志、谈笑风生的康仲举杯对刘飞坡大声说道：

"小弟我向刘公贺喜，祝令爱新婚宴尔，白头偕老！"众宾客纷纷击掌叫好，但是刘飞坡只欠了欠身子。韩永涵马上告诉狄公，刘飞坡的爱女月仙日前刚刚与退隐的前县学教书先生蒋举人的独子结婚。结婚大礼在城的另一端蒋府内举行，盛况空前。只听韩永涵大声应道："蒋公今夜未能赴宴，我等深感遗憾。他曾应允来此，可是临了却托词未到。难道那天大喜，醉意太浓，蒋公尚未醒酒不成？"

此言一出，引来满堂哄笑。然而，刘飞坡只耸了耸肩，神情淡然。狄公暗自思忖，这个刘飞坡恐怕也未从那天的盛宴中缓过神来吧！接着，狄公向刘飞坡贺喜并说道："未能登门祝贺并拜会，不胜遗憾。如若能亲聆蒋公的教诲，定会受益匪浅！"

刘飞坡面露愠色，冷冷答道："在下是个商人，也不想附庸风雅。可我也听人说过，博学未必德高！"

众人顿感尴尬，一时无言以对，宴席顿时冷了场。韩永涵急忙暗示仆役将竹帘卷起。

宾客纷纷搁下箸筷，观赏起湖上的夜色来。船已行至湖心，浩渺的湖水那端，汉源城灯火闪烁。此时花船停在湖中，唯有微波轻轻摇荡着船身。船夫们正在吃着宵夜。

顷刻之间，狄公左边的珠帘掀起，叮当作响。六名女子来到厅内，对宾客行万福礼。

韩永涵将两名姑娘留在主桌侍奉狄大人和自己，另外四名姑娘到两旁桌上陪伴客人。韩永涵将站在狄公身旁的姑娘引见给狄公，说她叫杏花，舞艺超群。杏花眼眉低垂，但狄公仍可看出她五官端正，面容姣好，只是神情显得冷漠。另一个名唤牡丹的姑娘，活泼开朗，在引见时，对着狄公嫣然一笑。

杏花姑娘替狄公斟酒。狄公问她多大年纪，她声音很轻，却颇有教养，说自己快十九岁了。她的口音使狄公想起了自己的家乡，不禁欣喜，便问道："姑娘莫非也是并州人氏？"

她抬起双眼，点了点头，但仍现出心事重重的样子。这时，狄公才注意到她那双水汪汪的大眼睛。她的确是绝色佳人，同时，狄公也觉察到她的眼神里有一种莫名的阴沉和忧郁。这样的眼神在妙龄女子的身上是不多见的。

"我家是太原狄氏家族，"狄公自报家门，"姑娘家住哪里？"

"小女子家在平阳。"姑娘轻声答道。

狄公将酒杯递给杏花。他当下忽然明白，为什么这姑娘会有异样的眼神。平阳在太原以南，距离不过几百里路，那里的女子自古以来就擅长巫术，并能口念咒语、装神弄鬼地替人治病。据说有些女子还精于妖术。狄公心中好生纳闷，像杏花这么年轻貌美的姑娘，显然出身并非贫贱，何以会从遥远的平阳来到这汉源小城，行此等低贱的营生？于是狄公与杏花谈起了平阳秀丽的山水和历史遗迹。

韩永涵一直在和牡丹姑娘玩诗酒令。他们轮流背着诗中的句子，要是谁接不上来，就得认罚喝酒。看来，韩员外已经被罚了不少酒，说话也变得含混不清了。他正斜靠在椅背上，打量着高朋满座，宽阔的脸上带着温和的笑意。狄公看眼皮沉重的韩员外几乎就要昏昏入睡了。牡丹姑娘走到桌前，兴致勃勃地看着韩永涵强打精神欲睡不能的模样，不禁笑出声来。

"我得再替他温些酒来！"说着，牡丹绕过桌子从杏花跟前走过，转身来到康氏兄弟的桌前，提起仆役刚放在桌上的酒壶，将韩员外的酒杯斟满。

狄公拿起酒杯，此时韩永涵已鼾声微作。狄公暗暗想着，万一宾客都喝得酩酊大醉，这宴席岂不兴味索然？而且不知该如何收场才好，我得趁早离席才是。他又呷了一小口酒，突然，他听见杏花在耳边轻声但字字真切地说道：

"大人，待会儿小女子有事相告！有人正在本城策划一起阴谋，万分危急！"

二
▼

宴宾客杏花献媚舞
寻芳踪狄公惊失色

　　狄公迅速搁下手中酒杯，转身看向杏花。杏花不敢与之对视，两眼低垂望着韩员外的肩头。此时，韩永涵鼾声已停，牡丹也正向这边走来，双手捧着盛满温酒的杯盏。杏花瞧着别处，急急对狄公说道：

　　"我请大人下棋，因为……"杏花顿了一下，因为她见牡丹已来到桌前。杏花欠身从牡丹手中接过酒杯，并将它送至韩员外的唇边。韩员外仰脖一饮而尽，他笑呵呵地说道：

　　"哈哈！瞧你这个丫头，你真以为我连酒杯都拿不住了吗？"说着，便揽住杏花的细腰，往自己怀里拽。须臾，他对杏花说道："给狄大人献上几段你拿手的好舞，如何？"

　　杏花浅浅一笑，同时娴熟地从韩员外怀中挣脱出来。她向众宾客躬身施礼，旋即便消失在珠帘后面。

韩永涵不知所云地对席间客人说了一番汉源地方自古以来歌伎舞姬的舞艺绝技。狄公心不在焉地点着头，心中却思量着适才杏花说的话。他倦意顿消，暗自庆幸自己的直觉准确无误，汉源城内果然潜伏着邪恶和杀机！观赏歌舞之后，必须见机行事，与杏花姑娘单独一晤。要是杏花聪明过人，她定能从平时宴席上的闲聊中领悟其中内情和隐秘。

乐手们奏起了迷人的舞乐，鼓点击出节拍。两个姑娘轻移莲步，旋至宴厅中央，跳起剑舞。她们手执长剑，穿梭迂回，千姿百态，时而两剑相碰，发出铿锵之声，乐曲随之激扬，颇有威武之势。一曲终了，满堂喝彩，狄公也对姑娘的舞姿倍加赞赏。不料，韩员外却用贬抑的口吻说道：

"不过是些雕虫小技，谈不上舞艺精湛！你等着看杏花姑娘的妙舞吧！看！她来了！"

杏花站在地毯中央。只见她贴身穿一袭白绸衣裙，宽袖长及地面，腰间系着碧绿绸带，肩披薄如蝉翼的翠玉纱巾，纱巾曳地飘动。一头秀发绾成高髻，鬓间插一朵白色莲花，雅致高洁。她舞动长袖暗示乐手，幽远的竹笛声犹如缥缈的仙乐。

杏花徐徐举起双臂，高过头顶，两腿原地不动，随着音乐节拍摆动丰臀。白色衣裙映衬出她年轻姣美的曲线。狄公暗自赞叹，她的身段完美，世间少见。

"这叫云仙霓裳舞！"韩员外声音喑哑，对狄公耳语道。

钹声响起。杏花缓缓垂下双臂，与肩平齐。她的两指尖夹着纱巾，然后舞动双臂，软摆柳腰，恰似绿色波浪在她四周起伏翻

云仙霓裳舞（高罗佩　绘）

滚。顷刻，古筝和胡琴响起极具韵律的妙乐，杏花则摆动双膝，随之带动整个身躯，犹如微风吹起阵阵涟漪。叫人啧啧称奇的是，她人仍在原地，并未挪动半步。

狄公未曾见过此等妙舞。他不禁注视着杏花，但见她神情漠然、孤高。她双目低垂，可她摆动着的柔软如水的肢体却艳丽逼人，激情迸发，像一团熊熊燃烧的火焰。骤然间，她那白绸衣衫从肩头滑落，露出了丰满圆润的乳峰。

狄公一面冷眼凝望着杏花炽热、妖娆的艳舞，一面审视着周围的宾客。康伯连看都没看杏花一眼，但他的兄弟康仲则两眼直勾勾地盯着舞者的每一个动作。同时，他与坐在身边的王员外说着什么，脸上带着诡谲的笑容。

韩员外冷冷地说道："那两位大人应该不会是在谈论舞艺吧？"显然，他的醉意丝毫没有影响他的洞察力。

彭员外和苏员外也出神地望着杏花。刘飞坡对舞者异乎寻常的关切引起了狄公的注意。只见刘员外纹丝不动地端坐着，神色凝重，浓黑的胡须下两片薄唇紧抿着，炽热的双眼中有一种异样的神色。狄公断定，这眼神交织着强烈的仇恨和深切的绝望。

乐声渐弱，如窃窃私语，杏花飞旋着，一任她的长袖及丝巾在她身旁翻飞。杏花随着节拍越转越快，轻巧的双足似乎离开了地面，整个身体在白袖和绿带的云彩里飘飘欲仙。

一声震耳的锣鸣，管弦丝竹猛然中止，舞姬的飞旋也戛然而止：足尖竖立，两臂高举，活脱脱一尊玉雕仙女，唯见她那裸露的双乳仍在波动起伏。偌大的宴厅鸦雀无声。

杏花垂下玉臂，用披肩掩住前胸，对狄公和韩员外躬身施礼。当雷鸣般的掌声响起时，杏花急速退场，消失在珠帘后面。

"美妙绝伦！这姑娘真可以为圣上献舞助兴！"狄公对韩员外这样赞许道。

韩员外答道："真可谓英雄所见略同呀！那天刘员外的好友也说过同样的话。他是京城高官，在柳巷看过这姑娘的舞艺后，当即就对杏花的院主说要举荐她去见见圣上的内廷总管。可杏花姑娘说什么也不肯离开汉源。就凭这点，我等身为汉源的百姓，对她真得感恩戴德呢！"

狄公旋即起身，站在桌前，举杯为汉源城的绝色舞姬祝酒。众人齐声应和。接着，他来到康伯桌前，与他侃侃而谈。韩永涵也起身向乐手领班致谢，并对众乐手的技艺表示赞赏。

康伯醉态微露，清瘦的脸上泛起红晕，额头渗出汗珠。不过，他对狄大人关于汉源商贾及市情的询问仍然应答得体。片刻，康伯的兄弟康仲笑着对狄公说道：

"谢天谢地，我兄长总算一扫愁容，眉头舒展了！这些天，他一直为一桩原本是万无一失的买卖闷闷不乐呢！"

"万无一失？！"康伯面露愠色，"你居然将银两借给那个万一凡，还说是万无一失！"

狄公连忙抚慰康伯，说道："常言说得好，若想钓大鱼，舍得下诱饵。不是吗？"

"可这万一凡，此人乃无赖之徒！"康伯低声嘟囔。

康仲也毫不示弱："只有痴愚之人才相信道听途说！"

康伯不禁大怒，语不成句地说："你……你……身为人弟，居然对兄长出言不逊……"

康仲反唇相讥："正因为身为人弟，我才感到责无旁贷，对你实言相告！"

"嗨！嗨！"狄公身边传来浑厚低沉的声音，"两位休得争论不休，让狄大人见笑了！"

此言出自刘飞坡之口。他手提酒壶，将康氏兄弟的酒杯斟满，三人频频劝饮。狄公向刘飞坡问及梁大人的病情，说道："听韩员外说刘员外与梁大人毗邻，一定常能见到梁大人。"

"正是。半年之前，我常常见到梁大人。"刘飞坡答道，"那时，梁大人常常邀我去他的园中闲步，我们两家的花园有小门相连。无奈，近来梁大人神思恍惚，言辞错乱，有时竟认不出我来，故而我也有数月不曾见过他了。狄大人，如此圣贤之士竟然日见昏聩，真叫人感伤不已呀！"

此时，彭员外和苏员外也与大家交谈起来，韩永涵手持酒壶亲自为两人斟酒。狄公与他们叙谈片刻，重又回到桌前坐下。韩员外也正坐在桌边与牡丹姑娘说笑着。狄公问道：

"为何不见杏花姑娘？"

韩员外漫不经心地回答道："她即刻就来！这些姑娘呀，涂抹胭脂花粉，可花费时间呢！"狄公急急环顾四周，众宾客均已落座，品尝着刚刚端上桌来的红烧鱼。四位佳丽在替众人斟酒，唯独不见杏花。狄公匆匆对牡丹嘱咐：

"快快前去梳妆间，唤杏花姑娘前来，我等在此等她！"

"哈！"韩永涵大声说道，"狄大人对一个村野女子如此垂青，真乃本城之莫大荣幸！"

狄公与大家一同笑了起来。

牡丹回到宴厅，对狄公说道：

"怪了！妈妈说杏花早就离开梳妆间了，我到处找她，可不见她的人影儿！"

狄公对韩员外耳语几句，便起身离座从右侧的门走出了宴厅。他沿着花船右侧向船后走去。

花船的船尾，欢声笑语，觥筹交错，更有佳肴美酒。洪亮、马荣和乔泰三人正背靠船舱坐在一条长凳上，每人的膝间夹着酒壶，手里握着酒杯。六个仆役坐成半圆形与他们三人相对，正兴致勃勃地听马荣绘声绘色地说着什么。身高马大的马荣用拳头猛击膝盖，说道："说时迟，那时快，只听哗啦一声，床架倒塌！"

众人哄笑不止。狄公上前轻轻拍了拍洪亮的肩头。洪亮抬头，见是狄公，赶紧用臂肘推推马荣和乔泰。他们一跃而起，紧随狄公来到船的右侧。

狄公告诉他们有一名舞姬失踪，可能遭遇不测。他问道："你等可曾见过一位姑娘来过此地？"

洪亮摇摇头。

"没有，大人。"洪亮答道，"我等三人一直面对船尾而坐，仆役进出膳房和底舱，我们一览无遗，可从未见过一个姑娘。"

两个仆役正端着汤碗从底舱上来，向宴厅走去。他们说那姑娘自离开宴厅去更衣后，便再未见过。其中较年长的一个接着说："不过，我们也许遇不到她。按这里的规矩，我们仆役只能走船的右边，姑娘小姐的梳妆间在左边，大客舱也在左边。除非主人吩咐，我们一般不去那里。”

狄公会意地点点头。他又一次向船尾走去，三个随从在后面跟着。众仆和舵工悄声议论着，他们已经得知船上出了事。

狄公从船尾绕到船的左侧。大客舱的门虚掩着，他朝舱内望去，只见墙边放着一张花梨木的雕花卧榻，上面铺着锦缎薄被，后墙边的一张几桌上，两支插在银蜡台上的红烛尚在熊熊燃烧，左边则有一张精致的花梨木梳妆台和两张矮凳。舱内空无一人。

狄公急忙又看隔壁的一间船舱，这是舞姬的梳妆间。透过薄纱窗帘，狄公见到一个身穿玄色绸衣的胖妇在椅子里打盹儿，一个丫鬟正在整理各色舞衣舞裙。

最后一间是起居厅。厅门洞开，杳无人影。

乔泰问道：“大人可曾去过花船的顶层？”

狄公摇摇头。于是他急速登上陡直的扶梯，心中不免猜度：杏花会上去透透气？当他登上顶层，并不见杏花。狄公下了扶梯，站在狭小的过道里，捋着长髯，低头沉思：船右侧的各个船舱，牡丹姑娘已经寻遍，看来杏花确定失踪无疑。

狄公对他的三位侍从说道：“你等速去察看船上所有的房间，连茅房也不要放过！”

狄公回到船的左侧，站在舷梯的栏杆边。他两手拢在袖筒内，望着湖面出神。下面是一片黑幽幽的湖水，天气依然闷热难耐，一丝风也没有。宴厅内还是一片喧哗，隐约可闻含混的谈笑声和丝竹声。透过栏杆，他凝望着湖水中彩灯的倒影。猛然，狄公倒抽一口冷气。水面下，一张惨白的脸望着他，两眼圆睁，纹丝不动。

一看便知，死者正是失踪的舞姬。

狄大人正欲走下舷梯，马荣向他走来。狄公向他指了指湖水中的女尸，没有说话。

马荣嘴里骂着娘，同时即刻走下舷梯。水深过膝，他用力抱起女尸，上得船来，置于甲板之上。狄公示意马荣将尸体移至大客舱内，放在卧榻上。

马荣一面拧袖子上的水，一面说道："这小妮子还挺沉的呢！她的上衣内会不会放有重物？"

狄公没有理会马荣的话。他注视着死者的脸，那双睁大的眼一动不动地盯着他。她仍旧穿着那袭白绸舞裙，外面披一件绿纱上衣，被水浸透的湿衣服紧紧裹着她美丽的胴体。狄公感到不寒而栗。片刻之前，她还在宴厅起舞，现在却遭此不测，真乃祸从天降。

狄公顿时醒悟，现在不是感伤的时候。他蹲下身子，发现死者的右太阳穴处有青紫色的伤痕。他试着合上她的双眼，但是她的眼皮一动不动，两眼仍然盯着狄公。狄公从袖中取出一条方帕，盖在她了无生气的脸上。

洪亮和乔泰进入舱内。狄公对他们说道："这就是杏花。她被害了，就在我们的眼皮底下。马荣，你在舱外把守，切莫让任何人经过这里。不准旁人来打扰，也切切不可对别人言及此事！"

狄公抬起死者柔软无力的手臂，在袖中摸索了一阵。他费力地从中取出一只圆形的铜香炉，香灰已成泥浆。他将香炉递给了洪亮，自己则走到案桌边。他看到银蜡台之间的红色锦缎桌布上有三个凹痕。狄公示意洪亮将香炉放到案桌上，香炉的三只脚恰好落在凹痕里。狄公在梳妆台前的矮凳上坐下。

"实在是绝！"狄公心情沉痛地对洪亮和乔泰道，"凶手将杏花骗到此间，从身后将她击昏，再把青铜香炉置于她的衣袖中，而后将她拖出船舱，扔入水中。这样既无声响，又能让她直沉湖底。然而，匆忙之中，凶手未曾注意杏花上衣的衣袖钩住了舷梯的钉子。不过，杏花终究还是溺水而亡，袖中的重物使她的头部沉于水下数寸。"狄公用手搓脸，以缓解疲惫。接着他吩咐道："察看一下她的另一只袖子，洪亮！"

洪亮仔细翻寻另一只衣袖，发现袖内仅有一叠被湖水浸湿的名刺，这是平时杏花接待访客时用的，还有一张折叠的纸片儿。

洪亮将两件东西一一交给狄公。

狄公仔细展开那张纸片。

"棋谱!"洪亮和乔泰齐声喊道。

狄公点点头。他记起了杏花死前对他说过的话。他说:"把方帕递给我,洪亮!"他用方帕包好纸片,将它放入自己的衣袖内,起身走出了船舱。

狄公嘱咐乔泰:"你在此守候!我与洪亮、马荣返回宴厅,立即着手调查此案。"

在他们一行三人前往宴厅的途中,马荣对狄公说道:

"大人,依我之见,我们不必舍近求远,凶手定在船上无疑!"

狄公没有回答。一行三人从珠帘进入宴厅。

盛宴已近尾声,众宾客正在用饭。厅内谈兴甚浓,一见狄公到来,韩员外大声说道:

"来得正好!我等正想登上顶层赏月呢!"

狄公无语。他用指节重重敲击桌案,提高嗓门对众宾客说道:

"请诸位肃静!"

众宾客愕然。

狄公字字真切地对大家说道:"首先,恕我以宾客的身份,感谢各位的邀请及盛宴款待。现在,宴席就此打住。各位,请勿见怪,从即刻起,我将以县令的身份与各位说话。我必须为朝廷,为汉源城,也为我本人恪守尽职。此举纯系出于公务。"狄公转身对韩员外说道:"韩员外,请离席!"

韩永涵惶惑不安地起身。牡丹将他的座椅搬至刘飞坡的桌边。韩员外坐下，用手揉着双眼。

狄公将座椅移至中央，坐定。马荣和洪亮分立两旁。狄公升堂，不徐不疾道：

"本县临时升堂，旨在审理舞姬杏花蓄意被害一案。"

狄公飞快地瞥了一眼众人。看来，多数人对他的话似懂非懂，一脸茫然。狄公令洪亮将船主带上堂来，并备好笔墨纸砚。

韩永涵这时才稍稍镇定了下来，他与刘飞坡低声商议着什么。刘飞坡点点头，韩员外便站起身来说道：

"大人，如此断案甚是唐突，我等身为汉源缙绅，想请……"

"韩永涵，"狄公冷冷地打断他的话，"你现在是目击证人，请就座。本县问你，你再开口！"

韩员外涨红着脸，颓然坐下。

洪亮将一麻脸男子带到桌前。狄公令他跪下，并叫他画一张花船的图样。船主双手颤抖，在纸上涂画起来。狄公用冷漠的眼光打量着在场的众人。一场欢宴瞬间变成一次审讯，他们从醉酒中清醒过来，顿感尴尬万分。船主画完了图样，恭敬地呈递上去。狄公将图交给洪亮，并让他在图上添加宴席的桌案以及每桌宾客的姓名。洪亮示意仆役，让仆役报出姓名，他再一一记下。然后，狄公语气坚定且严厉地对众人说道：

"舞姬杏花献舞完毕，离开宴厅时，厅内曾一度嘈杂，诸位也曾四处走动。现在，请每一位客人仔细陈述那一刻自己在何处？做何事情？"

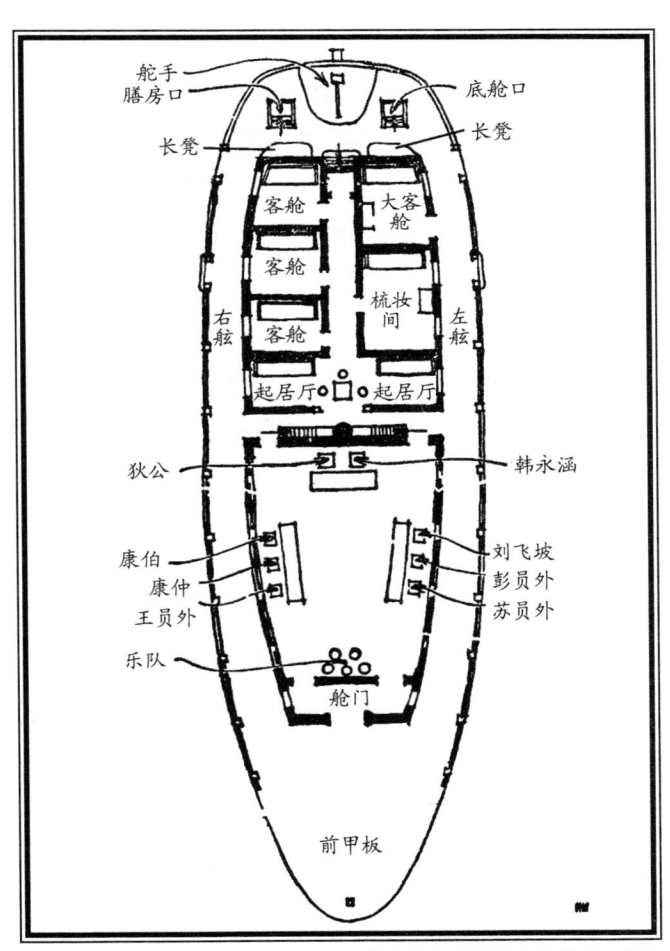

花船的主甲板图（高罗佩　绘）

王员外起身，颤巍巍地迈向桌前跪下。

"大人容禀，"王员外语气恭敬地请求，"在下有事相告。"

狄公点头，王员外说道："惊悉舞姬被害，我等均感痛心疾首。虽然事关重大，但我等不应丧失理智，而应保持镇定冷静。

"数年来我多次在此花船上赴宴，对这花船，算得上了如指掌。大人，我知道这船下底舱内有十八名船工，其中十二名操桨，六名为替换之用。我并非想诽谤中伤本地的百姓，可是大人，您早晚会知道，花船上的船工均为狂饮滥赌之徒。因此，要说凶手，当从他们当中去搜寻。长得有点模样的船工与舞姬有染，实为家常便饭。一旦姑娘提出与之中断私情，船工哪肯善罢甘休，因而必起杀心。"

王员外稍事停顿。他心神不安地看了看船外黑森森的湖水，继续说道：

"另外，请大人注意，自古以来，这湖一直是个谜。众所周知，湖水源自地下，故而常有水妖自深不可测的湖底出来伤人。今年，已有四人葬身湖里，尸体至今未曾找到。有人说，近来见过淹死之人四处游荡，混迹于百姓之中。

"关于这次凶案，窃以为，刚才所谈两点务请大人明察。按此线索顺藤摸瓜，定能水落石出。望大人勿将在下一干人等视同案犯，让我等免受审讯之苦。"

众宾客闻听此言，不禁发出一片赞同之声。

狄公敲击桌面，神情自若地看着王员外，说道：

"只要依律禀报，对此案提供线索，本县定然深表感激。说到凶手可能是船工，本县也早已想到，我定会择时提审他们。此外，怪力乱神，本县亦非不信，故不排除邪灵恶鬼之类从中作祟。

"适才王员外说到在座各位与本案的关系。常言说得好，王子犯法与庶民同罪。因此，只要凶犯一天不缉拿归案，在座各位与底舱内的船工、膳房里的厨工一样，均为本案嫌犯。不知各位还有何见教？"

彭员外起身，跪于狄公桌前，急切地说道：

"恳请大人赐教，能否对我等指点迷津，这不幸的女子是如何被害的？"

狄公当即回答："本案的细枝末节尚不能泄漏半点。各位还有什么见教？"见无人应答，他继续说道："各位还有陈述高见的时候及机会。不过，从即日起，请各位好自为之。我身为县令，决定亲自审理此案。现在，证人彭员外起身回座。传证人王员外前来陈述当时的情景。"

王员外说道："记得狄大人为汉源舞姬杏花敬酒之后，我从左门离开宴厅去客舱。那儿空无一人，我便由过道去了茅房。如厕之后回到宴厅，听见康氏兄弟正在争吵，经刘员外调解之后，我与他们一起交谈了几句。"

"在过道及茅房里，可曾遇见人？"狄公问道。

王员外摇摇头。洪亮用笔录下王员外的供词后，狄公便传韩永涵上堂。

韩员外开始了他的叙述，态度显得傲慢无礼，"我对乐手领班赞了几句后，顿觉有些头晕，便到船的前甲板上散步，靠在宴厅正门的右边站立片刻。望着湖上的夜景，我醉意稍醒，于是就在甲板的瓷凳上坐下。这时牡丹姑娘寻来唤我回宴厅。后面的情形，大人已经知晓，无须我多言。"

县令大人传唤乐手领班，那时他正与众乐手站立在宴厅角。狄公问道：

"你能否证明韩员外一直待在甲板上，未曾离开过？"

领班看了看众乐手，众乐手摇摇头。领班颇为不悦地回答道：

"大人，我们当时正忙于调弦对音，未曾注意厅外。后来牡丹姑娘来找韩大人，我便与她一同出厅，见到韩员外正坐在瓷凳上，如他适才所说一样。"

"你可以回座了。"狄公对韩永涵说。接着狄公差人将刘飞坡带到桌前。刘员外此时不如先前那样泰然自若，紧张得嘴唇微微抽动，不过语气仍然沉稳。他说道：

"杏花舞毕，我见彭员外身体不适，便与他从左门出厅来到船的右侧。这时王员外刚刚离座出厅。彭员外俯身在栏杆处歇息，我去了茅房后便又折回，一路并未遇见什么人。彭员外说他已无大碍，我们便一同返回宴厅。见康氏兄弟争吵，我便又斟酒劝和。就是这些。"

狄公点点头，遂传彭员外前来。彭员外证实刘飞坡所言确凿。接着，狄公又让苏员外来到桌前。

苏员外浓黑的双眉，两眼露出阴郁之色。他看了看狄公，动了动肩膀，用毫无生气的嗓音叙述道：

"在下绝无谎言。我看到彭员外和刘员外先后离席走出宴厅，桌上只剩下我一人独坐。我与两个献演剑舞的女子闲谈了片刻，其中一个说我左袖上沾有鱼汤，于是我便起身出厅，沿着过道到了第二间客舱。这间房是我订下的，房内仆役为我备有干净衣服和洗漱用具。我匆匆换好衣服走出客舱。在过道里，我见到了杏花，她正经过客厅向前走去。我赶上了她，对她刚才的妙舞赞赏了几句。可是她显得心绪不宁，急匆匆地说在宴厅见，便由左边拐弯处走了，我则从右侧的门回到宴厅。那时，王员外、刘员外和彭员外皆尚未回到宴厅，因此我只得继续与那两位舞剑女子闲聊。"

"你见到杏花时，她身穿什么衣服？"狄公追问道。

"她依旧穿着那袭白绸舞衣，大人。不过舞衣外面披了一件绿纱短袄。"

狄公让他返回原席坐下，并差马荣到梳妆间去传那侍奉舞姬的胖妇前来。

胖妇禀告狄公说，她丈夫在柳巷经营一座楼院，杏花和另外五名舞姬均在此楼献舞为生。当狄公问她最后何时见到杏花，她说道：

"回大人的话，杏花献舞完毕回到梳妆间，我见她脸上脂粉狼藉，便对她说：'你赶快梳洗更衣，我的宝贝儿！你看你浑身湿透，小心着凉！'我唤丫鬟将杏花那件蓝色长衫取出。可不承想，杏花将丫鬟推至一旁，披上那件绿袄，便又出去了！这就是我最后一次见到杏花。大人，我敢对天发誓！这可怜的孩子怎会遭此毒手？那丫鬟说得实在离奇，她说……"

"多谢！"狄公急急打断她的话，同时命马荣将丫鬟带上堂来。

丫鬟来到堂上，恸哭不已。马荣拍拍姑娘的背，想止住她的哭泣，可是没有用。她一边哭一边说道：

"大人，是那可恨的湖中水怪将杏花害了。我求求你，大人！我们快快上岸去吧！不然，那妖怪定会把船弄翻、沉入湖底的！我亲眼见到那可怕的妖怪！"

"你在何处见到那妖怪？"狄公问道，觉得十分诧异。

"那妖怪在窗口向杏花姑娘招手，唤她出来。那时妈妈正叫我替杏花拿那件蓝色长衫。这时杏花姑娘也看见了妖怪，它正向她招手。大人！杏花怎敢违抗神怪的旨意！"

人群中传来窃窃私语。狄大人猛击桌面，随即问丫鬟：

"那妖怪是何模样？"

"妖怪是个黑乎乎的庞然大物，大人！我透过纱帘，看得很清楚。他一只手挥动着大刀，另一只手……呃，向杏花招手！"

"他是怎样的穿戴？"狄公问道。

"我说过，那是妖怪，不是吗？"丫鬟愤懑地说，"他无形无状，只是一个令人作呕的可怕黑影！"

狄公示意马荣将丫鬟带下。

随后，狄大人又提审了牡丹和另外两个舞姬。牡丹姑娘，狄大人曾亲自差遣她去寻过杏花，而其他几个则压根儿没有离开过宴厅。她们说她们一直在与苏员外交谈，并没有看到王员外、刘员外和彭员外离开。至于苏员外究竟何时返回宴厅，她们说记不清了。

狄公起身，称他将审问侍从和船工。

狄公登上陡直的狭梯，后面跟着洪亮。马荣和船主则奉命去提唤船工们。

狄公坐在船栏杆旁的鼓形瓷凳上，将乌纱向额上推了推，说道："这儿与厅里一样闷热！"

洪亮连忙将扇子递上。他略带沮丧地说道：

"刚才的审问没啥进展吧，大人？"

"尚不能断定，"狄公答道，一面猛摇着扇子。"不过，对案情至少清楚了一些。天哪，王员外的话一点儿也没说错，这些船工真是狂妄之徒，一看就让人没有好感！"

说话间，船工们已经来到面前，嘴里嘟嘟囔囔地说着什么，有的还对着马荣骂起人来。船主急忙上前制止，让他们休得放肆。仆役、厨工与这帮船工相对而立。洪亮对狄公说过，舵工和侍奉宾客的仆人一直津津有味地听马荣讲那些添油加醋的风流艳事，他们连半步都未曾挪动，所以狄公觉得没有必要提审他们。

狄公先审问宴厅内的仆役，可是他们均无重要线索提供。他们说献舞开始，他们便抽空下到饭堂，匆匆吃了点东西。只有一人来过宴厅，看众人有何吩咐，并说曾看见彭员外俯身栏杆，呕吐不止，但未见刘员外与彭员外在一起。

经过对厨工、船工的仔细盘问，狄公已经知晓事情的大概，他们均未离开过底舱，舵工叫他们停船休息之后，他们便开始抹牌赌钱，根本无暇离开牌局。

狄公站起身来。一直观察着天空的船主，面带忧虑地对狄公说道：

"我担心会有雷雨，大人！还是快快将船开回船埠为是。花船在狂风暴雨中可不太好驾驭呀！"狄公点头称是，遂走下了陡梯。他径自向大客舱走去，那里乔泰正守护着杏花姑娘的尸首。

# 四
▼

说杏花狄公频扼腕
查艳词闺阁探私密

狄公刚在梳妆台前的矮凳上坐定，霎时间，雷声隆隆，闪电划破夜空，大雨如注，哗哗地拍打着舱顶，船身摇晃不止。

乔泰急忙奔出舱外将窗户遮板上紧。狄公静静地注视着，用手慢慢捋着长须。洪亮和马荣站立两旁，望着卧榻上一动不动的尸体。乔泰返回舱内，闩上门。狄公抬头看着三位随从。

"就在几个时辰之前，"狄公露出一丝苦笑说道，"我等还说这里平安无事呢！"他摇了摇头，神色凝重地继续说道："如今，我们手头的血案，疑雾重重，其中居然还有神鬼作祟。"狄公看见马荣忧虑地望向乔泰，连忙接着说道："审讯时，我之所以没有打断有关妖怪神灵之说，目的是想消除凶手的疑心和戒心。切切记住，凶手并不知晓我们是在何处，又是如何发现尸体的。凶手一定大惑不解：尸体为何没有沉入湖底？各位，可以断言，凶手是一个血肉之躯，绝非神灵鬼怪。而且，我已经明白他为何要下此毒手！"

狄公随即对三人说起杏花在宴席上对他所说的那番惊人之语。他最后说道："依我看，韩永涵是最大的疑凶。只有他一人有可能窃听到杏花对我所言，虽然他在宴席上佯装睡态。他是一个老于世故的人。"

洪亮附和道："韩员外也有作案的时间。刚才审讯时，没有人能证明他一直在前甲板上未曾离开过。他极有可能从船的左侧向船后走去，然后在窗口招呼杏花，让她出来。"

马荣问道："但是，丫鬟所说的那黑影手中的大刀又作何解释呢？"

狄公耸了耸肩。

"恐怕那是丫鬟的幻觉，"狄公说道，"不要忘了，那丫鬟是在听说杏花被害后才讲出那神奇古怪的故事。事实上，她看到的人影所穿的宽袖长袍与我等所穿的长衫并无二致。那人用一只手招呼杏花，另一只手中可能拿着一把折扇，这就是丫鬟所说的那把大刀。"

这时，船身剧烈地晃动起来，水浪拍打着花船，发出巨大的声响。

狄公继续说道："遗憾的是，韩永涵并不是此案唯一的疑犯。诚然，只有他有可能听见杏花所言，但其他宾客也极有可能看到杏花对我耳语，并从她欲言又止的神态中觉察到什么。当时杏花对我耳语时，她的两眼看都不曾看我。凶犯一定感到事关重大，这才决定铤而走险。"

乔泰说道："这么说，除了韩员外，还有四位可能是本案的疑凶：王、彭、苏、刘。康氏兄弟可以排除其嫌疑，因为狄大人说他们未曾离开过宴厅。而以上四位均离开过，只是时间长短不同而已。"

"正是，"狄公接过话头，"不过，彭员外似乎可以不在其列。道理很简单，他身单力薄，无法击昏杏花后再将其拖至舷梯旁。我审讯船工，也正是为了弄清彭员外是否在船工中有个帮凶。但结果是，船工均未曾离开过底舱。"

这时乔泰也似有领悟地说道："看来，韩、刘、王、苏完全有能力杀害杏花。特别是苏员外，他可是个身高马大的家伙！"

狄公说道："韩永涵的嫌疑最大，其次就是苏员外了。如果杀害杏花的是他，他确实是个既凶残又冷酷的凶手。当杏花还在献舞时，他一定已经成竹在胸，并精心策划了这次凶案。他故意弄脏衣袖，借此便可堂而皇之地离席更衣。这样，在沉尸湖水后，他的长袍看上去也不至于沾水弄湿。他须径自到梳妆间的窗口，将杏花引出击昏后，又将她沉入湖中。做完这一切之后，他还必须返回客舱，更换衣服。对了！乔泰！你马上到苏员外的客舱去，看看苏员外换下的衣袍是否湿透！"

"我马上就去，大人！"马荣自告奋勇。他注意到乔泰脸色不好，知道这位老兄有点晕船。

狄公点头同意。他们便静候马荣的回音。

马荣返回，口中咕哝不已，"一屋子的水，到处是水，可是苏员外的长袍却是干的，竟然点水未沾！"

"好！"狄公说道，"但这并不能让苏员外脱了干系。不过，这一细节我们不妨记住。现在，这几位嫌疑凶犯的先后次序应是：韩、苏、刘、王、彭。"

"大人，为什么把刘员外放在王员外的前面呢？"洪亮问道。

狄公答道："我猜想，杏花与凶犯之间必有私情；不然，凶犯向她招手，她不会马上应允并随他而去，更不会一个人跟着凶犯去到客舱。须知，舞姬与一般妓女的身份有所不同。只要付钱，妓女便可以投入任何一个客人的怀抱。而对于舞姬，你必须先讨她的欢心，才能得手；否则，你即使有钱也属枉然。舞姬，特别是像杏花姑娘这样知名的舞姬，凭借歌喉舞艺比出卖身体能赚取更多的金银钱财，因此她们的院主一般也不会强迫她们对客人献媚取悦。我现在完全相信，像韩永涵和刘飞坡这样养尊处优、风流倜傥的当地名人，怎可能得不到色艺双全的姑娘的芳心呢？还有苏员外，这样有几分粗野的高大汉子，对女人也是极具吸引力的。可是又矮又胖的王员外和干瘪老朽的彭员外就几乎不可能了。对！干脆将彭员外从名单中划去吧！"

马荣没有听见狄公的最后几句话，他望着卧榻上的尸体，吓得连大气都不敢出。突然，马荣惊呼起来："看！她的头在动！"

几个人同时向卧榻望去。杏花的头左摇右摆，盖脸布滑落在地，烛光摇曳，照着她那湿漉漉的长发。

狄公急忙起身向卧榻走去，看着那惨白的脸，狄公也惊愕不已。原本圆睁的两眼已经合上了。狄公随即将枕头置于死者头部两旁，并迅速拾起布巾盖在脸上。狄公重新坐下，语气平静地说道：

"当务之急，我们要查出刚才提及的三个人中谁与杏花过从甚密，关系异常。最佳的途径莫过于询问与杏花同住一屋的姑娘，这些姑娘之间通常无话不谈。"

马荣说道："可是让她们对外人道出隐情却是另外一码子事！"

雨已停了，船只也行驶得较为平稳，乔泰看上去也好多了。他说道：

"大人，我以为，当务之急是赶快到柳巷去搜寻杏花姑娘的房间。船一停靠船埠，凶手必定会设法掩盖他的罪行。假如杏花在她房内留有书信或其他信物，凶手定会趁我们登岸时立即赶往那里销毁罪证。"

"所言极是，乔泰！"狄公赞许地说道，"船一靠岸，马荣立即赶往柳巷。凡是强行进入杏花房间的，当即捉拿。我乘轿前往，然后我们一起搜查她的房间。"

外面人声嘈杂，显然船已经驶近船埠。狄公起身对乔泰说：

"你在此等候官兵到来。告诉他们立即查封这间客舱，并叫他们派两名官兵在客舱门口把守，直至明日清晨。我马上叫杏花的院主明天派一名操办丧事的人来此将杏花入殓。"

走出舱房，他们登上甲板，抬头望去，明月当空，清冷的月光照得四周一片凄凉。暴风把彩灯刮得无影无踪，骤雨将宴厅竹帘打得七零八落，原本热闹喜庆的花船现今已是一片狼藉。

狄公登上船埠，看见已上岸的宾客正垂首低语，静候发落。

适才雷雨交加，他们在舱内躲避。舱内空气闷热，加之船身颠簸摇荡，众人已被折腾得狼狈不堪。所以当狄公让他们各自返家时，个个如释重负，纷纷登轿。

狄公登上官轿。待行至僻静处，他让轿夫打道去柳巷。

当狄公和洪亮来到杏花所属舞馆的院落天井时，屋后不断传来高声的谈笑。尽管已是午夜时分，宴厅里却依然高朋满座，觥筹交错。

杏花的院主急忙出来迎接这两位不速之客。当他认出来者是县令狄大人时，忙不迭地下跪叩首，继而谄媚地问狄公有何吩咐。

"我要搜查杏花姑娘的房间，"狄公直截了当地说道，"快快引我前去！"

院主连忙领二人登上光亮如新的楼梯。穿过幽暗的走廊，他们在一扇红漆门前停下步子。院主进屋点上蜡烛。突然，一只有力的大手握住了他的臂膀，院主不禁惊恐地叫出声来。

"这是院主，快放手！"狄公说道，"你是怎么进来的？"

马荣笑道："我不想让别人看见我进楼来，所以便翻过院墙，再从阳台爬上楼。看见一个丫鬟在楼角处打盹儿，我便让她指点哪一间是杏花的屋子。之后，我一直在门背后等着，尚未有人来过。"

"干得好！"狄公赞许道，"现在你且与院主一道下楼，注意把守大门！"

狄公在雕花红木梳妆台前坐下，拉开上下两只抽屉。同时，洪亮朝卧榻旁的四只红漆皮衣箱走去。他打开最上面的一只皮箱，只见上面标有"夏"字，便翻看里面的衣物。

狄公在上面的抽屉里只发现了一些梳妆用品，但在下面的抽屉里却找到了不少名刺和书信。他匆匆翻阅了一下。不少来信是杏花的母亲从并州写来的，信的内容大都是母亲对女儿贴补家用的感激之情，以及告知家中小弟用功读书的近况。看来，杏花的父亲已经辞世。信写得颇有文采。狄公不禁又一次为残酷的命运而扼腕，一个出身清白的姑娘行此卖笑营生，着实令人痛惜。抽屉内还有一些对杏花表示仰慕的求爱诗稿信笺。狄公信手翻阅，发现这些诗稿信笺的落款者中不乏今夜花船中的宾客，其中包括韩永涵。不过，诗稿和信笺的措辞均为恭请光临宴请或赞美婀娜舞姿之类的客套和寒暄，并无卿卿我我的绵绵情话，因此很难判断这些人与杏花究竟是何关系。

狄公将所有的诗稿信笺卷成一束，放入袖内，欲带回去慢慢细读。

"大人，这里还有呢！"洪亮突然叫道，并将一叠用绢纸仔细包着的信笺交给了狄公。那是洪亮在箱底发现的。狄公一阅之下便知是情笺，措辞委婉炽热，落款均为"竹林逸士"。

狄公急切地说道："此人必定是杏花的相好无疑！找出此人应当不难，他文笔不俗，字也写得相当不错，是本城为数不多的文人中的一个。"

他们再次搜寻，均无甚结果。狄公便步出室外，在回廊站立片刻，凝望着楼下园中的景色，但见月光倒映在花团锦簇的荷花池水中。不知有多少次，杏花姑娘也一定站立此处，望着此情此景，抒发怀乡之幽情吧！想到这里，狄公猛然转身，意识到自己初到汉源，不能因为是一个美貌女子的突然死亡便掉以轻心。

狄公吹熄了蜡烛，与洪亮一同下楼。

马荣与院主在门厅里正谈着。见狄公下楼，院主连忙弯腰施礼。

狄公拢着手，语气严厉地对院主说道：

"你得明白，这是凶案勘查。我本可以叫官兵前来将你整个楼院翻个底儿朝天，再对这里的人逐个审讯。本县考虑暂无此必要，也绝不会无故打扰你们。现在，你回去立刻书写一份关于死者的详细呈子，包括姑娘的真实姓名、年龄以及何时、因何原因来此楼院内献舞，还有常与哪些客人来往、她有何种技艺等等。呈子一式三份，务必在明日清晨递交给我！"

院主双膝跪地，千恩万谢地说个不停。狄公打断他的唠叨，不耐烦地说道：

"明日找人到花船上去殓尸，并立即将此事告知杏花在平阳的家人。"

狄公向门边走去，马荣告诉他：

"恳请大人，容我稍待片刻再返回县衙。"

狄公会意地看了看他，点头同意，并与洪亮登上了官轿。衙役点燃火把，一行人缓缓穿行于汉源城空寂无人的街巷之中。

# 五

探隐情马荣拨头筹
鸣冤屈新婚生意外

次日清晨，天刚破晓，洪亮便来到县衙。此时狄公早已穿戴整齐，端坐于书斋之内。

狄公已将杏花衣箱内的信笺整理好，置于案头。洪亮为狄公沏好茶端上，狄公对他说道：

"我已细细阅过这些书信，洪亮。杏花与这个所谓的'竹林逸士'之私情始于半年之前。开始，书信中只叙友情，后来逐渐言及男女私情。然而，两个月之前，这段缠绵炽热的感情似乎冷了下来，书信中的言辞也有了明显的变化，字里行间还夹杂些许威胁与恫吓。洪亮，必须马上找到此人！"

"本县衙的书吏平日喜好舞文弄墨，会写诗作词。"洪亮对狄公说道，"他在本地书院还兼一点抄抄写写的差事，也许他知道别号叫'竹林逸士'的人！"

"太好了！"狄公大喜过望，"你马上就去衙门问问他。不过，我先给你看一样东西。"说着，狄公从抽屉内拿出一张薄薄的纸片，展开后平铺在书案上。洪亮认出这是在死者衣袖中发现的那张棋谱。狄公用食指轻轻敲击纸片并说道：

"昨日夜晚从柳巷返回府中，我仔细看了这张棋谱，可还是想不出个所以然来。

"我自知不是围棋高手，但在求学时也经常下棋。你看，这棋盘呈正方形，横竖各有距离相等的十九条线，这些线交会成三百六十一个点。围棋各有黑白棋子一百五十粒，两人对弈。对弈开始，棋盘上空无一子，弈者依次轮流放一子于交点上。谁用棋子完全围住对方的棋子，则可吃掉那些棋子。"

"听起来好像并不复杂呀！"洪亮说道。

狄公以笑作答。

"规则的确很简单，但围棋本身相当深奥。有人说，要得其真谛须花一辈子的工夫呢！

"历代棋手出过不少棋谱，对精妙的高着常用图谱加以说明，也对一些疑难棋局进行详尽的讲解。这张棋谱定是从此类书籍中撕下来的，而且是最后一页，因为在此页纸的左下方有一个'终'字。可惜书名无从查找。洪亮，你能否设法找一位本地的围棋高手，他应能知道这张棋谱是从哪本书上撕下来的。关于这张棋谱的详细说明，一定在此书的倒数第二页上。"

马荣与乔泰进来，向狄公请安施礼。待他们在案桌前坐下，狄公对马荣说道：

终

棋谱（高罗佩　绘）

"昨日夜里你回衙较晚，一定是为了探听有关此案的线索，赶快说给我听！"

马荣双手握拳，放于膝上，笑着答道：

"昨日大人提到，从杏花同住的姊妹口中也许能打听出一些她的私情。碰巧的是，昨日我们一行人去湖边花船途经柳巷时，楼上回廊站着一个俏丽的姑娘颇得我心。因此，我便对院主提起这位姑娘，院主当即便把那姑娘从宴席上叫出来。她叫桃花，这名儿真如同她人一样！"

马荣停顿了片刻。他用手捻着他那八字胡，咧嘴笑着，而后继续说道：

"这妞儿真讨人喜欢，她似乎对我有意。而且她……"

"够了！够了！"狄公有几分不悦地打住了马荣的话头。"你那情场艳事就不必细说了！看来，你们俩处得不错。那么，关于杏花，她对你说了些什么？"

马荣因被抢白了几句感到有些委屈。他深深吸了口气，又耐住性子说了下去。

"大人，这桃花姑娘与杏花相处甚好。杏花是一年前来到柳巷的，与她同来的还有三个姑娘，都是被人从京城买来的。杏花对桃花说起过，由于一桩变故，她不得不离开并州的老家，而且再也不能回去了。杏花个性孤傲，尽管有无数显贵要人想讨她欢心，她却一一婉言谢绝。苏员外对杏花更是殷勤关照，曾给她不计其数的贵重礼品，可是她仍然无动于衷，苏员外对此也一筹莫展。"

听到这里，狄公插话道："我们不妨将这层关系视为苏员外的疑点。有时候，情场失意会让人铤而走险。”

"不过，"马荣又接着说道，"据桃花姑娘说，杏花绝不是个冷若冰霜的姑娘，她一定是有意中人的。因为每隔数天，杏花便要求院主允她外出买些胭脂花粉。平日里杏花十分温顺听话，也丝毫没有逃跑的迹象，所以院主总是欣然应允。杏花独来独往，因此闺中好友猜测她一定是与人私会去了。尽管姊妹们设法打听，最终也没弄明白杏花去往何处、去会何人！"

"她每次外出，大概有几个时辰？"狄公问道。

"她吃过午饭不久便离开，"马荣答道，"晚饭开始前回来。"

狄公思忖道，"那就是说，她不会去城外。洪亮，赶快去问问那位书吏，竹林逸士究竟是何人？"

洪亮刚刚离去，一个衙役进屋将一个密封的大信封呈递给狄公。狄公打开信封，将信平铺于案头。他一边捋着胡须，一边慢慢细读。当狄公正欲靠在椅背上舒展一下身子时，洪亮回来了。他边摇头边说道："大人，书吏说本城文人书生中没有用'竹林逸士'这个别号的。"

狄公说道："真可惜！"接着，他坐直身子，用手指着案头的信笺，急促地说道："这是院主的呈子。上面写道：杏花原名范荷依，七个月前被人从京城卖给院主，身价为纹银二百两。

"据皮条客说，他买杏花的情况有点特别，是杏花主动找上门来的，并且自报身价为一百五十两纹银。同时，杏花还提出一个条件：只能将她转卖到汉源。皮条客觉得这姑娘与众不同，哪有姑娘自己出卖自己的？人家其他姑娘要么通过中人，要么通过父母。可是皮条客见这姑娘年轻美貌，又精于歌舞，他可以从中渔利，便不再多问什么了。当下付清银两，这桩买卖就成交了。可是，柳巷的院主是个不错的买家，皮条客不敢造次，于是便将这蹊跷之事一五一十地告诉了院主，以免将来有什么事他脱不了干系。"

狄公顿了顿，愤愤地摇了摇头，又说了下去："院主当时问过杏花，可杏花含糊其词，院主也就没有再追问下去。他猜测杏花是由于行为不轨被父母逐出家门的。来到院主门下后的情形与桃花所说大致相同。院主在呈子里提到本城对杏花垂涎之人的姓名，这些人均是汉源城的风流名士，可是却没有提到刘飞坡和韩永涵。院主曾几次劝杏花从这些人中找一个相好托付终身，却被她断然拒绝。杏花舞艺精湛，卖艺不卖身，同样能为院主赚来大笔钱财，院主也就不再勉为其难。

"在呈子的最后，院主说杏花喜爱诗文，字也写得很不错，还能画画花鸟虫鱼，但她特别讨厌下棋！"

狄公又停顿片刻，看了看他旁边的随从，问道：

"现在，你们几位如何解释杏花在宴席上对我说的关于下棋一事？以及她在袖中所藏的棋谱？"

马荣不知所措地挠挠头。乔泰问道：

"大人，我能看看那张棋谱吗？我过去很喜好围棋。"

狄公将棋谱推给乔泰。乔泰看了一会说道：

"这棋谱无甚价值，大人！白子几乎占满整个棋盘，只要设法稍微添几个白子，便能将黑子团团围住。黑子的布棋毫无章法可言！"

狄公双眉紧锁，沉思片刻。

悬于大门外的大铜锣敲了三下，将狄公从沉思中惊醒。锣声在衙门大堂回荡，狄公即将升堂问案。

狄公将棋谱放回案桌抽屉内，长叹了一声，起身离座。洪亮帮狄公穿上藏青色锦缎官服。狄公扶正头上的官帽，对三人说道：

"今晨先审花船命案。好在眼下尚无别的要案，我等可以全力以赴破解此谜。"

马荣挑起厚重的门帘，狄公从书斋步入大堂，登上高座，在覆盖大红锦缎的桌案后坐下。马荣与乔泰站在他身后，洪亮照例站在狄公的右边。

衙役们分两排站立于案前，他们手执皮鞭、棍棒、铁链、夹板等刑具。书吏及其助手坐在狄公两旁的矮桌前，准备笔录供词。

狄公环顾大堂四周，发觉人头攒动，百姓们早已聚集在此。花船命案的消息不胫而走，犹如燎原之火，汉源百姓迫不及待想要前来听审。人群之中，只见韩永涵、康氏兄弟、彭员外和苏员外挤在里面。狄公正在纳闷，为何不见刘飞坡和王员外，衙役班头早已通知他们必须到衙门听审。

狄公将惊堂木一拍，宣告开审，然后一一传唤证人。

突然，衙门口人潮涌动。为首的是刘飞坡，他神情激奋，大声呼喊：

"大人申冤，人命关天！"

狄公对衙役班头使了个眼色，众人被领至案前。

刘飞坡双膝跪地。一个高大的中年乡绅，身穿蓝布长衫，头戴玄色弁帽，跪在刘飞坡的身旁，另有四人立于衙役身后。狄公认出其中一位是王员外，其他三人不知姓名。

"大人！"刘飞坡喊道，"我小女在新婚之夜被人残害致死！"

狄公扬起眉毛，不紧不慢地说道：

"喊冤人刘飞坡必须如实禀报，不得有诈。昨夜花船宴席上，本县得知你千金于前天成婚，为何事隔两天才来衙门喊冤？"

"都怪这小人使了奸计！"刘飞坡用手指着跪在他身旁的中年乡绅说道。

狄公旋即喝令中年乡绅，"你姓甚名谁，做何营生？"

那乡绅平静地答道："在下蒋文祥，乃一举人，家门不幸，连遭不测。我的独子及其新娘遭人掳掠，而这个刘飞坡竟然还要状告于我，他们的父亲！恳请大人明察，替我洗刷不白之冤！"

"你这个卑鄙的无赖！"刘飞坡喊道。

狄公厉声喝道："刘飞坡休得咆哮公堂！从实说来！"

刘飞坡好不容易方停止喊叫。显然，由于过度悲伤和愤怒，他完全不能自己；与昨日夜晚相比，可真是判若两人。过了一会儿，他稍稍安静下来，开始说道：

"我刘某后继无人，上苍没有赐给我一个男儿。月仙是我的独生女，她弥补了我心中的缺憾。她娇美动人，温柔体贴，看着她长成美丽聪颖的少女，我心中有说不出的欣慰，我……"

刘飞坡痛哭失声，止住了诉说。他哽咽再三，声音颤抖，继续说道："去年，月仙想上私塾读些四书。可巧，塾师就是这个举人。他在家专门为附近的千金小姐办了个私塾。我应允了小女的恳求。此前，她一直喜欢骑马打猎；现在爱好诗书文章，我自然求之不得。可是，我当时怎能料到这会是一场灾祸呢！月仙在私塾邂逅蒋家的公子——秀才蒋虎彪，对他一见钟情。我原想对蒋家察访后再做定夺，可是月仙苦苦哀求，望我早日订下婚约。而我内人又是个没有见识的妇人，偏偏袒护女儿，同意了她的要求。

"于是我只得首肯，聘媒人，立婚约。然而，就在此时，我的好友，也是我买卖上的同仁，万一凡对我说，蒋举人放浪形骸，曾经对他女儿图谋不轨，然而未能得逞。我想立即解除婚约，可恰巧月仙病了。我夫人认定月仙害的是相思病，如果解除婚约，定会送了她的命。再说，蒋举人岂能让到手的羔羊溜掉，故而死死不肯解除婚约。"

刘飞坡狠狠瞪了举人一眼，继续说道：

"无可奈何，我只得让婚典如期举行。前日，蒋府上下红烛高照，面对列祖列宗的牌位，一对新人拜了天地。当时，有三十多位缙绅出席婚宴，其中有不少人均在花船的宴厅上露过面。

"今日清晨，举人匆匆闯进我府，神情慌张地对我说，昨日月仙死于新婚床笫。我当即质问他为何不及早告知。他答道，新郎杳无踪影，他想先找到儿子再做打算。当我问他小女死于何因，他又语无伦次，不知所云。我让他带我去见小女最后一面，他却不动声色地说月仙已经入殓，停放在寺庙中！"

狄公起身，欲打断刘飞坡的陈述，可一转念，遂决定听他把话说完。

"我疑心顿起，"刘飞坡接着说道，"于是匆匆与近邻王员外相商。他与我不谋而合，认为小女之死非常蹊跷。我便对蒋某说要去衙门告状。王员外同时找来万一凡，请他做证。在下刘飞坡跪于大人面前，恳请大人明镜高悬，严办凶犯，以慰小女在天之灵！"

说毕，刘飞坡连叩三首。

狄大人缓缓捋着长须，问道：

"如此说来，是蒋秀才杀死新娘后逃遁？"

"大人！"刘飞坡急忙答道，"在下心烦意乱，词不达意，万望见谅！蒋秀才乃一介书生，性情懦弱，他怎会是凶犯。我告的是他的父亲。他是个道貌岸然的好色之徒，觊觎月仙美色已久。在小女即将完婚成为他儿媳的当晚，他趁着酒兴，染指小女。可怜月仙含羞自尽，蒋秀才慑于其父卑鄙之举，绝望而逃。次日清晨，这个荒淫无道的举人醒来后，发觉小女气绝身亡，不禁大惊。他害怕丑事败露，只得匆匆将尸体入殓。我告他强奸民女，逼死无辜！"

狄公让书吏宣读他所记的刘飞坡之诉状。刘飞坡认定无误后便在上面按了手印。随后狄公说道：

"蒋文祥，快快从实招来。"

"在下一向拙于言辞，"蒋文祥口气中带着几分迂腐，"如有不当之处，恳请大人海涵。在下一生以书为伴，平静安宁，对这突如其来的变故，措手不及，处置不当，实属无奈。不过，在下对儿媳断无非分之想，更不会加害于她。请大人容我道出原

刘飞坡状告蒋举人（高罗佩　绘）

委，绝不敢有半句戏言。"

举人稍作停顿，思忖片刻后，便娓娓说道：

"昨日清晨，我正在花园的凉亭中用饭，丫鬟牡丹前来禀报，说她去洞房送饭，敲了半天门却无人应答。我说新婚宴尔，不可打扰，让她隔一个时辰再去。

"后来，我在花园中浇花时，牡丹又来说房内无人应答。我开始感到几分紧张和不安，于是亲自来到新人独住的小院，用力敲门，并且连连喊叫我儿的名字，但仍毫无动静。

"我断定出了事，便急忙找来我的邻居及好友，茶商孔先生，请他出个主意。他说必得撬开房门，我便让管家取来利斧将门劈开。"

蒋文祥说到这里，歇了口气，再用低抑的嗓音继续说道：

"房门一开，只见月仙赤裸着身子躺在床上，浑身是血，我儿却不知去向。我急忙上前，用被子盖住月仙，然后为她搭脉，已经没有了脉搏，手已冰凉。

"孔先生立即请来华医生。他就住在附近。华医生验尸之后说，月仙是遭蹂躏后溢血身亡。至此，我料想我儿一定极度悲痛，以致精神迷乱而逃离。他一定是去了一个荒无人烟的地方，想了却此生。我本想马上寻找我儿，以防他走此绝路。可是华医生说天气炎热，还是料理后事要紧。我便差人洗净尸体，入殓盖棺。孔先生说，可暂且将棺木停放在寺庙中，待选定墓地后再行下葬。我当时请求在场人士暂勿泄漏此事，等我找到我儿再说。不管是死是活，我必须找到我儿。因此在孔先生和管家的陪同下，我们出外寻找。

"整整一日，我们在城郊各处寻访，临近黄昏，仍然没有一点线索。当我们回府时，见门前有一渔翁，他说要见我们。他递给我一条绸腰带，说是他在湖中垂钓时，挂在他鱼钩上的。不必细察，一望便知是我儿之物，上面绣有他的名字。此惊非同小可，我便昏了过去。孔先生和管家将我扶上床，我心力交瘁，一觉便睡到天明。

"待我醒来后，想起未曾告知亲家，连忙赶往刘府，报告噩耗。谁料想，这个无情之人不但不与我分担失去儿女的悲痛，反而将罪责一股脑儿推到在下身上，还扬言要诉诸公堂。大人明断，还我这个可怜父亲的清白。想我一日之间痛失爱子和儿媳，我家由此断了香火，大人！请您为我申冤做主啊！"

说完，举人在地上连连叩首。

狄公让书吏宣读他所记下的举人陈述，蒋文祥认定无误并在纸上按了手印。这时狄公说道："证人前来听审。先带万一凡上堂！"

狄公的目光犹如利刃般直视着万一凡。他记得康氏兄弟在花船宴席上发生口角时，就曾提到过此人。万一凡年约四十，长得细皮嫩肉，颔下无胡须，上唇浓黑的短髭让他看上去更加苍白。

万一凡说道，蒋文祥的大房和三房太太早已亡故；约两年前，第二房太太也病逝了。蒋文祥孤身一人，因而曾提出想将万一凡的女儿纳为小妾。万一凡愤然拒绝。之后，由于收到奚落，蒋文祥便恶意中伤，说他是个骗子，他的买卖见不得人。由此可见，蒋文祥为人居心叵测。他觉得他应该对刘飞坡进言，让刘飞坡知道，他女儿未来的婆家是怎样的人家。

万一凡还没说完，蒋文祥愤然叫道：

"恳请大人切不可听他信口雌黄！对万一凡，我的确说过不中听的话。今日在此公堂上，我仍然正言相告，此人是无赖，是骗子。我的第二房太太病逝之后，明明是他自己提出让我纳他的女儿为妾，说他的娘子死了，自己无力管教女儿。很显然，他是想借此勒索钱财并封住我的嘴，使我不再对他的买卖说三道四。我看穿了他的卑劣伎俩，果断拒绝了这门亲事！"

狄公握拳猛击桌面，大声斥责："大胆！本县身为父母官，岂容尔等戏弄！你们二人之中必有一人撒下弥天大谎。本县将细查此案，你们休想瞒天过海！"

狄公重重地捋着胡须，气愤难平。随后，他命王员外上堂。

王员外所言与刘飞坡大致相同。不过，对于刘飞坡诉蒋文祥所犯之事，王员外的陈述显得吞吞吐吐。他说他本想安抚过于激动的刘员外，所以对他的推测没有深究，对于蒋府洞房血案的真相他也不敢妄言。

狄公接着又让被告的两个证人上堂。茶商孔先生说，蒋文祥所言千真万确，并且说蒋文祥生活节俭，品格高尚。接着名医华医生跪至案前，狄公令衙役班头传唤仵作到堂。狄公声色俱厉地对华医生说道："你身为医生，悬壶济世，自当晓事，猝死者的尸身必须待仵作验明死因，并将详情禀报衙门后方能入殓。而今你触犯律条，应受处罚。现在，你当着仵作的面，必须如实禀告你见到尸身的情形，以及你如何验明死因！"

华医生对月仙的症状一五一十说得清楚明白。狄公略显疑惑，看向仵作。仵作对他道："回禀大人，童贞之女死于此种情形虽属罕见，但医典上确实曾有类似记载。猝然死亡虽时有发生，不过昏迷不醒较为多见。华医生适才所说之情形，与历代医典上的记载相差无几。"

狄公点点头。他当众对华医生判以重罚，而后对众人说道："本县今日原打算提审杏花姑娘的命案，但是蒋府的洞房血案迫在眉睫，本县当立即着手勘查。"

狄公一拍惊堂木，宣布退堂。

六

狄公在回廊对马荣说：

"快叫衙役备轿，我欲前往蒋府。另外，派四名衙役去寺庙，准备开棺验尸。我访过蒋文祥之后，立刻前往寺庙。"

说完，狄公来到书斋。洪亮正替狄公沏茶，乔泰则站立一旁。狄公背着双手在屋内踱起步来，眉头紧锁。当洪亮双手将茶盏递给他时，狄公方才站定。他呷了几口，说道："我真不明白刘飞坡为何会提出如此荒谬的诉状！诚然，草率入殓令人生疑，但稍有理智的人一定会要求开棺验尸，可刘飞坡却以死罪相告！在昨夜花船宴席上，刘飞坡是个镇定冷静、自持自重的缙绅。"

"刚才在大堂上，我觉得刘飞坡有点反常，大人！"洪亮说道。"我看他双手颤抖，唾沫四溅！"

"刘飞坡状告蒋文祥，简直是可笑至极！"乔泰也高声说道。"要是他觉得蒋文祥是个品格低下之人，当初为何要应允这门亲事？况且他绝不是那种轻易就被老婆和女儿左右之人。对他而言，解除婚约应是易如反掌呀！"

狄公听着，默默点头。

"这门亲事的背后定有隐情，"狄公说道，"我觉得蒋文祥对这场变故似乎相当平静，虽然他也悲恸万分。"

马荣来到书斋，说轿子已备好。狄公遂步入庭院，三人紧随其后。

蒋府位于县衙的西边，依山而筑，气派不凡。

管家打开厚重的大门，轿夫将狄公所乘的官轿抬进府内。

蒋举人恭敬地将狄公扶下轿来，并请狄公和洪亮在客厅入座。马荣、乔泰、班头以及两名衙役均在前面庭院守候。

狄公与举人在茶几旁相对而坐。狄公细细打量蒋文祥。蒋文祥看上去五十岁上下，身材颀长，体态匀称，目光敏锐而睿智。这个年纪能赋闲在家，享受恩俸，可算得上是壮年得志了。他默然地沏了杯茶给狄公，然后坐下，静候狄公发话。洪亮一直站在狄公身后。

狄公看了看满是书籍的书案，问举人专攻哪一类学问。蒋文祥言简意赅地说，他一直钻研古代名家名篇的批注。之后，对于狄公提出的某些细枝末节的问题，他也能应答自如。看来，其钻研的功夫可谓到家。他对颇有争议的篇章能提出自己独到的见解，并能自如地引经据典。如果说，蒋文祥的品德尚存瑕疵的话，那他的学问倒是无懈可击。

狄公问道："你正年富力强，为何离开县学，主动让贤，赋闲在家？不少人到了古稀之年，仍不肯放弃此杏坛荣耀之职呢！"

蒋文祥满腹狐疑地看了看狄公，冷冷地答道："我宁愿在家潜心研读。这三年来，我在家中开设私塾，专为出类拔萃的秀才讲授古人诗文。"

狄公起身，说要去看看洞房。

蒋文祥点点头，便带领两人穿过回廊来到后院。在一扇雅致的拱门前，他停住脚步，缓缓说道："穿过此门，便是我儿居住的院落。入殓后，我已下令严禁闲人到此。"

这里是一座小花园，园中有一石桌，四周有两丛翠竹，绿叶青葱让人感到阵阵凉意，使人忘却了逼人的暑热。

走进狭窄的门厅，蒋文祥先推开左边的门，那是一间书房。窗前仅有一张小书桌和一把陈旧的椅子，书案上堆放着书籍与文稿。举人低声说道："我儿极爱书房。虽然窗外的竹子算不上是竹林，可是他给自己取了个'竹林逸士'的雅号。"

狄公进入书房，察看书案上的书籍，举人和洪亮则站在门外。狄公转身漫不经心地对举人说道："从书案上的书卷来看，贵公子爱好极为广泛。可惜的是，连柳巷的姑娘都成了他的嗜好！"

举人愤愤不平地喊道："究竟是何人进此谗言，混淆视听？我儿一向循规蹈矩，夜间从不外出！究竟是何人散布的谣言，真是荒唐之极？"

"也许是我道听途说，"狄公含糊其词，"或许是我张冠李戴。既然公子如此勤奋攻读，他一定写得一手好字啰！"

举人指着书案上的一叠纸，不无夸耀地说："那是我儿所写的《论语》笺注，近来他一直奋笔疾书。"

狄公翻了几页。他出书房向门厅走去时，对举人说："字写得相当不错。"

举人带他们到了对面的客厅。他对狄公刚才关于他儿的传言依然耿耿于怀，便面有愠色地说道："大人沿此回廊走去，便是我儿洞房。大人请便，我在此等候。"

狄公点头，便和洪亮穿行于幽暗的回廊。回廊尽头，他们见洞房门半掩着。狄公推开房门，站在门槛边环顾黑黢黢的房间。房间很小，只有一扇窗户，日光透过棂窗上的窗户纸，影影绰绰地照在房内。

洪亮兴奋地对狄公耳语道："原来蒋秀才就是杏花的相好！"

"可他投河自尽了！"狄公气恼地答道，"我们找到了'竹林逸士'，但他却死了。不过，蹊跷的是，蒋秀才的笔迹与情笺上的不尽相同。"他弯下身子继续说道："看，地上积有灰尘。举人没有骗我们，自从月仙的尸首被抬出此屋后，未曾有人来过。"

洞房后墙放置着一张宽大的卧床，芦席上还留有暗红色的斑迹。床的右面是一张梳妆台，左面是摞起来的衣箱。床边有一张小小的茶几和两只矮凳。屋内闷热，令人窒息。

狄公向窗口走去，欲打开窗户。窗户用木闩闩着，满是灰尘。狄公费力地推开窗户，透过窗框上的铁条向外看去。外面是

蒋举人向狄仁杰介绍儿子的学业（高罗佩　绘）

一片菜园，园子的四周砌有砖墙，墙边上有一小门，那是为厨子来园里摘菜用的。

狄公不解地摇了摇头，说道："房门反锁着，洪亮，窗上又装有铁条，窗户也显然久未开启，这蒋家公子是如何出屋的？"

洪亮也面露狐疑，看了狄公一眼。

"真怪！"洪亮说道。迟疑片刻，他接着又说道，"也许此屋有暗门，大人！"

狄公急忙起身，挪开大床，仔细察看后墙和地面，然后又察看了其他的墙和地面，可是毫无结果。

狄公重又坐下，拍去膝上的灰土，说道：

"洪亮，你去客厅，命蒋文祥列一张他和他儿子的亲朋好友名单。我在这里再找找线索。"

洪亮走后，狄公抱臂而坐。真是旧疑未解，又添新惑。杏花一案，还有点眉目，凶犯杀人的目的是为了阻止被害人向官府告密。已有四个疑犯在案，经过查访，然后根据他们与杏花的关系，应该能够查出真凶为谁，真相也可大白。而且目下的明察暗访也颇顺利。唯独这桩奇案，实在棘手。案子涉及的两人均告死亡，死无对证。蒋文祥性情古怪，但看来绝非是那种寻花问柳之人。当然，表面现象常能迷惑人。另外，刘飞坡不至于敢冒天下之大不韪，在公堂上对自己女儿的事编造谎言。蒋文祥说他儿子从未去过柳巷，大概也是实情。他深知这种事轻易便能查清。会不会蒋文祥本人与杏花有瓜葛，而在情笺中用了儿子的别号呢？蒋文祥虽然年纪不轻，生性执拗，但他仍不懂如何对女人投其所好。无论如何，必须看看蒋文祥的手书与情笺上的字迹是否相同。洪亮让蒋文祥写的名单即可解开谜底。不过，蒋文祥绝不会是杀害杏花的凶犯，因为他当时不在船上！那么，也许杏花的私情与凶案根本没有干系。

狄公在座椅上辗转不定。突然，他感到不安：似乎有人在暗中偷窥。他转身朝窗户望去。只看见一张苍白憔悴的面孔，圆睁的双目正盯着他看。

狄公一跃而起，疾步向窗边走去，不想却被矮凳绊了一个踉跄。等他赶到窗边，见园门已经关上。

他匆匆来到前庭，令马荣和乔泰到街上搜寻一个中等身材的汉子。那人的头剃得光光的，像个出家的和尚。他又让班头将蒋府中所有的人带到客厅，并巡查蒋府上下，看是否有人藏匿。吩咐完毕，狄公踱步向客厅走去，双眉紧锁。

洪亮与蒋举人疾步赶到，不知出了什么事。狄公没有回答他们的问话，他对蒋举人说道："你为何没有告诉我洞房内有一暗门？"

举人茫然地看着狄公，颇为惊异。

"暗门？"他问道，"我一个赋闲在家的文人，一直平安无事，何需这种机关？我本人亲自督管府中一切，我向大人担保，蒋府内绝没有暗门！"

"那好，"狄公淡淡地说道，"那你说说你儿子是如何出洞房的？屋内唯一的一扇窗是闩着的，门又反锁着。"

举人用手拍拍前额，颇为不悦地说道："我居然没有想到这一层！"

"我给你时间，细细想想这个问题。"狄公说道，"你在府上等候吩咐，不许擅离。我马上去寺庙开棺验尸。公正审案，此举非常必要，你也不必再叫屈喊冤了！”

蒋举人尽管不快，但不动声色。他一言不发地转身离厅。

班头带着十几个人进了客厅。“大人，人已全部带到！”洪亮对狄公说道。

狄公打量着众人，见其中并没人与那窗外的汉子相似。他又问了鬟牡丹给新人送早饭之事，她的回答与举人所言一致。

狄公让大家离厅后，马荣和乔泰赶到，马荣大汗淋漓，对狄公道：“大人，我两人搜寻了附近街巷，但毫无结果，只发现有一卖凉茶的小贩在手推车旁打盹儿。正午时分，天气炎热，街上空无一人。在园门边放着两捆柴火，可能是砍柴人留在那儿的，但没见到人。”

狄公简要告诉他们两人，有个模样古怪的男子在窗外偷窥。接着，狄公差遣班头去刘飞坡和王员外府上，让他两人去寺庙。马荣也去庙里，看衙役是否准备停当。他转而对乔泰说道：“你与两名衙役等在此地，不要让蒋举人离开半步！另外切切注意适才那偷窥我的人！”

狄公不快地甩袖走向官轿。他与洪亮登轿，向寺庙进发。

当狄公、洪亮登上寺庙前宽阔的石阶时，他们看到四周杂草丛生，寺庙山门的高大梁柱上已是红漆斑驳。狄公记得听人说起，这里的和尚在几年前已纷纷离去，寺庙里只剩下一个年老的看庙人。

狄公与洪亮穿过回廊到了寺庙侧堂，马荣、仵作和几名衙役已等候在那里。马荣让办丧事的人及其两名帮手见过狄公。侧堂的右边是供坛，上面已无供品。坛前一口木棺，停放在木头支架上。衙役在侧堂左边安放了一张硕大的案桌，暂且将寺庙侧堂充作衙门大堂；案桌的两边则放着供书吏书写用的矮桌。狄公没有在案桌后坐下，却传唤三个办丧事的人前来。三人在狄公面前跪下，狄公对办丧事的人发问道："你在擦拭尸体时，洞房的窗户是开着还是关着的？"

那人张口结舌，看了看身边的两名帮手。其中年纪较轻的一个立刻答道："窗是关着的，大人！当时天气很热，我想打开，可是窗闩很紧，怎么也打不开。"

狄公点点头，接着又问道："你在擦拭尸体时，可曾记得她身上有没有伤痕，比如刀口、皮肤青紫或血肉溃烂？"

办丧事的人摇了摇头，说道：

"大人，她流血之多令我吃惊，因此在擦拭时，我格外仔细，但的确没有伤口，连擦伤都没有！另外，我觉得像她这样人家的小姐，很少长得那么健壮。"

"你将尸体清洗完毕、穿好寿衣后，是否马上入殓？"狄公问道。

"是的，大人！当时小姐的夫家还没决定何时何地将她安葬，所以孔员外让我们先买来一口棺木。棺木很薄，上棺钉挺容易的。"

此时，仵作已在棺木前面的地上铺好了厚厚的芦席，旁边放了一盆热水。

刘飞坡和王员外进入侧堂，见过狄公。狄公在案桌后的太师椅上坐定，用指节在案桌上敲击三下，说道："本县将寺庙权当公堂，在此勘查蒋刘氏暴死洞房一案。为解疑团，本县决定开棺验尸。此举并非掘墓开棺，仅为审理案情所需之步骤，故本县未曾征得死者父母的首肯。然而，我此番特请死者的父亲刘飞坡以及王员外到场。举人蒋文祥未能前来，因为已被软禁。"

狄公示意衙役点上两炷香，一炷放在狄公案头，另一炷放在棺木旁边。顿时，白烟袅袅，满屋熏香。狄公遂令办丧事的人开棺。

办丧事的人将利斧插入棺盖与棺木之间的缝隙，两名帮手撬松棺钉。

当两人掀开棺盖时，办丧事的人倒抽了一口冷气，两名帮手也大惊失色，一松手，棺盖跌落在地。

仵作急忙上前，向棺内望去。

"作怪！作怪！"他面如土色，大声叫道。

狄公起身，走到仵作身旁。一看之下，不禁向后倒退一步。

棺内躺着一具男尸，全身穿戴整齐，头部血肉模糊。

# 七

大伙儿沉默不语，围立在棺木旁，盯视着这具面目可憎的男尸，简直不敢相信自己的眼睛。男尸的前额被利器劈开，血已凝结成块，整个面部惨不忍睹。

"我的女儿呢？"刘飞坡突然大叫起来，"还我女儿来！"王员外双手扶住悲痛欲绝的刘飞坡的肩，将他带到稍远处。刘飞坡仍在恸哭不已。

狄公急忙转身返回案桌后坐下，用手重重地拍打案桌，厉声喝道：

"大家回到原地！马荣快去搜索寺庙！你们仨速将尸体抬出棺外！"后一句话是对办丧事的人及其两个帮手说的。

那几人将僵直的尸体抬出棺木，放在芦席上。仵作跪在地上，仔细拭去衣服上的血渍。上衣和裤衩均为粗布缝制，缀满了补丁。他将衣物小心翼翼地叠好，堆放整齐，然后抬头看向狄公。

狄公拿起朱砂笔在尸格的抬头处写下"无名男尸"字样，递给了书吏。

仵作将汗巾在铜盆中浸湿，拭去死者头上的污血，可怖的开裂伤口便显现无遗。之后，他又擦拭其全身，仔细检查。仵作起身对狄公禀道："男尸一具，发育健全，年约五十；双手粗糙，指甲开裂，右手拇指有明显硬茧；须发灰白稀疏。死因：前额中间有一伤痕，宽一寸，深二寸，为双刃利剑或利斧所致。"

书吏将验尸结果写在纸上。仵作在上面按过手印，递给了狄公。狄公命他搜索死者衣物，结果在衣袖内找到一把木尺和一团皱纸。他将物件置放于桌上。

狄公看了一眼木尺，并将纸团展开。他眉毛一扬，便将纸片放进自己衣袖内，然后说道："大家依次来辨认死者。刘员外与王员外，请吧！"

刘飞坡好奇地看了看死者面目全非的头部，摇摇头，走了过去。他已吓得面如死灰。王员外也想匆匆过场，但突然惊讶地叫了出来。他强忍住恶心，蹲下身来细看尸体，不禁喊道："我认得此人！他叫毛源，是木匠！数天前，他曾到我府中修过桌椅！"

"他家住在何处？"狄公急忙问道。

"大人，我不知道。"王员外答道，"我得去问我管家，是他去叫的木匠。"

狄公慢慢捋着长须，没有再问。猛然间，他对着办丧事的人厉声问道："你操此营生，理应熟知此道，如今棺木篡换，为何不及早禀报本县？还不快快从实招来！"

办丧事的人吓得直打哆嗦，结结巴巴地答道："我……我敢对天发誓！大人！这口棺木确实是女尸入殓的棺木。十余天前我亲自购得，棺木上烫有印记，大人！不过，此棺木很容易撬开，当初只是暂且存放尸体之用，棺钉并未钉死，而且……"

狄公挥挥手，不耐烦地打断了他的话。

"这具男尸，"狄公当着众人大声说道，"必须重新入殓。至于何时下葬，本县将立刻与死者的亲朋磋商。本县会派两名衙役在此堂内看守，以防不测。班头听着，速将看庙人带上来！这等无用之辈岂非形同虚设？他早该来此受审！"

"大人，看庙人年迈体弱，"班头回答道，"而且又聋又哑，全仗那些善男信女施舍一饭半粥才得以度日。他住在寺庙山门旁边的一间小屋里。"

"居然又聋又哑！"狄公怒冲冲地低声说道。旋即，他又对刘飞坡说道："本县马上开始勘查你女儿尸首的下落。"

正在此时，马荣来到堂内。

"大人，"他对狄公说道，"我已搜遍寺庙各个角落，包括后面的园子，均无藏匿、掩埋尸体的迹象。"

"你速与王员外一同前去，"狄公吩咐道，"寻找木匠的住处，并查清木匠近来的行踪。如有男性亲朋，将他们带到衙门，我欲逐一审讯。"

说完，狄公拍案退堂。

离开侧堂前，狄公又细细查验了棺木，棺内并无血迹残留。他又看了周围的地面，满是尘土的地面上除了杂乱的脚印外，也无污渍血斑涂擦的痕迹。显然，木匠是在别处被杀，是血污凝结后才被移至庙内的棺木中。狄公离开众人，出了大厅，洪亮紧随其后。

一路上，狄公沉默无语。进入县衙书斋，待洪亮替他换上便服，他心头的阴霾才为之一扫。他在案后坐定，笑着对洪亮说道："看来，我们要解的谜团一个接着一个呀！对了！我将蒋举人软禁在其府内，真是万幸。你看，木匠袖内的纸片！"

他把纸片推向洪亮，洪亮惊讶地叫道："大人，纸上写的是蒋举人的名字和住址呀！"

"对，"狄公不无得意地说道，"举人博学多才，可他却没有料到这手！洪亮，把他写的单子给我看。"

洪亮从袖内取出折叠的纸片，递给狄公，然后颇感失望地说道："据我看来，大人，举人的手迹与情笺上的也不尽相同。"

"你说得没错，"狄公说道，"毫无相似之处。"他将纸片扔在案头，继续说道："洪亮，用过午饭后，你去衙门文案馆查找刘飞坡、韩永涵、王员外和苏员外等人的手迹，并让他们各人写张呈子交到衙门。"说着，狄公从案桌的抽屉内取出两张名刺递给洪亮，"将此名刺送给韩永涵和梁大人，告诉他们我将于午后过府拜访。"

狄公起身，洪亮又问道："大人！那新娘的尸体究竟到哪里去了？"

"洪亮，"狄公答道，"蛛丝马迹尚未显露，要想破解谜团，为时尚早。好了，暂且把这宗案子放在一边。我回私宅用午饭，顺便看看妻儿，不知他们近来如何？前几日，三夫人对我说，我那两个小儿已能写得一手好文章。可是他们也极为顽劣！"

狄公用完午饭返回书斋时，洪亮与马荣正站桌案边埋头研究几页手迹。洪亮抬头对狄公说道："大人，这是四个疑犯的手迹，可是都与杏花情笺上的字迹不同。"

狄公坐下，仔细比较着的字迹。过了片刻，他说道："的确，没有相似之处！只有刘飞坡的运笔有一点竹林逸士的韵味。我猜想，刘飞坡在给杏花写这些情笺时，会不会改变了自己的笔迹？毛笔可是相当精巧的书写之物，但有时很难掩盖一个人的笔迹。"

洪亮一听，也接过话头说道："刘飞坡有可能从他女儿那里知道了蒋秀才的别号，并用这个别号作为情笺的署名，因为实在想不出更好的落款。"

"对，"狄公思索着说道，"我必须了解刘飞坡的详情。去拜访韩永涵和梁大人，也正是为了这个缘故。他们定能告知我许多有关刘飞坡的情况。马荣，关于木匠，有何情况禀告？"

马荣无奈地摇摇头，说道："大人，所得消息甚少。毛源住在靠近湖边的一间小茅屋里，家中只有一个老伴。那老妪丑陋无比，天下少有！她对木匠也不甚体贴，因此，木匠出外挣钱干活，一走数天不归家。也难怪木匠，摊上这么个女人真够呛的！三天前，他早晨离家时说要上蒋府修几件家具，以便蒋府婚宴之用，并且说晚上就在蒋府下人的住处挤一挤，不回家了，因为活儿不少，要干几天才能完事。谁知一去就没有再回来！"

马荣蹙着眉头接着又说："我对那老妪说起木匠之死，她却说她早就料到这老头不得好死，因为他常与他的堂弟毛禄上酒肆、下赌场。说完，她就向我讨要恤银！"

"这妇人真可恶！"狄公愤愤不平地说道。

马荣说道："我对她说，只有等真凶被缉拿归案，她才能领取恤银。没想到，她却骂起人来，还说我侵吞了她的银两。我只得赶紧离开那个丑八怪，向周围邻居探听消息。左右街坊都说，毛源人好，干活卖力，偶尔也喝点酒，从不说三道四。屋里的女人无德又无貌，还能不让他借酒浇愁？不过，他们又说，他的堂弟毛禄可是个坏种。他也以木匠为生，居无定所，四处游荡，在有钱人家里干点零活，可手脚不干不净，有几个钱都花在喝酒赌钱上了。近来，有人在街上见过他，说是他因为喝醉了酒，撒泼用刀砍伤了另外一个木匠而被逐出了木匠行会。毛源再无别的亲朋好友。"

狄公慢慢呷着茶，抔了一下胡须，说道："马荣，你干得不错！至少我们知道了毛源袖内那张纸的来龙去脉。眼下，你与乔泰到蒋府走一趟，弄清楚毛源到蒋府干些什么活、什么人照看他、他于何时离开蒋府。另外，注意一下蒋府的左邻右舍，看看能否找到在窗口偷窥的那个怪人。"狄公站起身，对洪亮又说道："洪亮，我走了以后，你到刘飞坡府邸周围街巷的茶馆酒肆，看看能否探得一点关于刘飞坡及其家人的闲言碎语。他是蒋府命案的原告，又是杏花凶案的疑犯。"

狄公将茶一饮而尽，穿过庭院，来到门厅。他的官轿已经备好。

街上仍然暑热逼人。幸好，韩府离衙门不远。

韩永涵站在大门内迎候狄公。两人拱手作揖，韩永涵领着客人走进光线幽暗的客厅。厅内放着两个装满冰块的大圆铜盆，借以驱暑降温。韩永涵请狄公在茶几旁宽大的椅子上坐下。趁韩永涵忙着对毕恭毕敬的管家吩咐上茶上点心时，狄公四下打量一番。据狄公看，这房屋至少已有一百年以上的历史，大柱和房梁因年久而呈黝黑色，挂在墙上的画轴已经陈旧泛黄，显出一种至尊至贵的气派。厅内一片静谧。

古色古香、薄如蛋壳的细瓷杯盏内盛着醇香的清茶。韩永涵清了清喉咙，拘谨而严肃地说道："昨晚失礼得很，万望大人海涵。"

"事出突然，"狄公笑着说道，"不必介意。不知韩兄有几位公子？"

"我只有一个女儿。"韩永涵漠然地答道。

两人尴尬地止住了交谈。看来开场不利，话不投机。狄公寻思，照韩永涵这样的身份地位，家中必定妻妾成群，何愁没有几位公子？我这样发问应该在情理之中呀！于是，狄公镇定自若地继续说道："实言相告，花船凶案和刘飞坡女儿的不测令我困惑不解，还望韩兄能对这两桩命案中的人与事指点迷津。"

韩永涵欠身答道："我韩某随时听从大人的吩咐。刘飞坡与蒋文祥均是我的好友，他们的争执令我大为吃惊。他们两人在本城声名显赫，我深信大人定能对此事做出妥善处置，这样……"

狄公打断他的话："安抚和恭维为时尚早。我必须先断定新娘是否死于非命？若是死于非命，对凶犯我必严惩不贷。我们不妨先说说杏花之死吧。"

韩永涵不悦地扬起两手，大声说道："大人！这两桩命案可谓风马牛不相及！杏花虽然色艺双全，可毕竟是一个舞姬。这些姑娘常常与人有染，声名狼藉。她们遭人杀害，也不足为奇！"说到这里，韩永涵凑近狄公，神色诡秘地继续说道，"大人，我敢说，衙门对杏花的案子草草过场，马虎了事，呃……也没有人会说一个不字。再说，县衙对一个轻浮女子的死也无须多加过问。而月仙的命案则非同小可！那可事关本县声名，大人！如若大人能敦促两家和解弃讼，我等会感激不尽。大人可否……"

"看来，我们对案件的看法不同，"狄大人冷冷地打断韩永涵的话，"交谈下去也不会有甚共识。好吧，眼下我只想问问你，你与杏花姑娘私交可深？"

韩永涵的脸唰地红了。他强压怒火，声音颤抖，问道："大人一定要我回答？"

"当然，"狄公善意地说道，"不然，我何须问你？"

"那我拒不回话！"韩永涵终于暴跳起来。

"你可以不回我的话，"狄公不动声色地说道，"此刻是在贵府的客厅。明日公堂之上，我若再问话，你就必须回答，否则本县会以藐视公堂治罪，罚你五十大板。我现在问你，完全是为了你的脸面。"

韩永涵看着狄公，眼中余怒未息。他克制住自己，果断地答道："杏花长得标致，又舞艺超群，与她交谈令人赏心悦目，因而我常常在款待宾客时让她助兴作陪。除此之外，她与我毫不相干。她是死是活，又与我何妨？"

"你适才说你有一位千金，是吗？"狄公冷不防地问道。

韩永涵以为狄公想转换话题。于是，他令小心翼翼站在一旁的管家上些干果、甜食。接着他温和地说道："是的，大人，她名唤柳絮。虽说，我不该自夸，可柳絮的确出众。她能写善画，她还能……"他还没把话说完，突然感到自己离题太远，"区区家事何劳大人烦神分心。"

"我想再问问，"狄公说道，"不知你对王员外和苏员外的为人有何见教？"

"多年以前，"韩永涵言辞拘谨地答道，"王员外和苏员外就被同业们推为行会会首，替大家出力。两人德高望重，我本人也有同感。"

狄公又问道："说起蒋刘氏一案，我想问问韩员外，蒋举人为何早早赋闲在家？"

韩永涵不自在地在椅子上挪动着身子。

"那桩旧事难道又要重提？"他不安地问道，"那个呈诉状的女弟子纯属神志不清，这是确凿无疑的。值得称道的是，蒋举人仍然坚持提出辞呈。他觉得，县学不应成为大家的谈资话柄，尽管他是清白的。"

"是这么回事，待我回衙查对一下卷宗。"狄公说道。

"大人，卷宗内对此事并无记载，"韩永涵急忙说道，"幸好当时此案并未提告衙门。我等几位汉源名士私下审问了当事人，并与县学主事一起了结了此事。大人，我等以为这样做省去了官府的麻烦。"

"原来如此！"狄公淡淡地说道，随即起身，谢过韩永涵的盛情。韩永涵将狄公送至官轿。狄公思忖着：此次拜访收效甚微，看来此人难以深交！

狄公登上官轿，轿夫说梁大人的宅邸就在附近。狄公心中默念，但愿此次拜访梁府能对断案有所裨益。在韩府，他居然一无所获。而梁大人与狄公一样，也非汉源人士，或许他对汉源当地百姓中的隐情不会像韩永涵那样讳莫如深，缄口不语。

梁府的大门气势恢宏，门旁的立柱上雕着精美无比的飞禽走兽和五彩祥云，前庭则古树参天，浓荫遮日。一个面容瘦长、神色忧郁的年轻书生前来迎候贵客。他自称是梁大人的远房侄儿，名为梁奋，现帮着梁大人处理府上事务。他说梁大人因故不能亲自前来迎候，望狄县令见谅。狄公打断了他的客套，说道："我深知梁大人身体欠安。若非公务紧急，在下岂敢惊扰。"

那后生向狄公作揖施礼，然后领着狄公走过宽敞、幽暗的回廊。梁府内未见有其他的仆役。

当两人经过花园时，梁奋突然停住脚步，紧张不安地搓着双手，说道："大人，恕我冒昧，我想恳请大人在拜访梁大人之后，能与我小谈片刻？我处境艰难，真不知道该……"

后生的话说了一半。狄公细细打量了他一会儿，点了点头。后生如释重负，领着狄公穿过花园来到门厅。他打开门，说道："请大人稍候，梁大人马上就到！"说完便告退，并将门带上。

狄公不由得眨着双眼，因为屋内光线昏暗。起初，他只能看到屋内后墙上有一个白色的方框，慢慢才认出那是一扇糊着灰白色窗纸的大窗户。

狄公小心翼翼地走在厚厚的地毯上，生怕撞着屋内的桌椅板凳。当两眼稍稍适应昏暗的光线后，他才发觉担心是多余的，因为室内陈设极为简单，后墙窗前有一张高高的书案，案后放着一把太师椅；两边靠墙放着满是书籍的书架，架前各有两张高背椅。空荡荡的屋子给人一种诡秘、凄凉的感觉，似乎无人住在这里。

书案旁的红木架上放着一个花瓷缸，缸里养着几尾金鱼，狄公走了过去。

"请坐！"突然一个尖厉的声音响起。

狄公惊讶地向后退了几步。

窗外传来了喧闹的笑声。狄公不解地朝窗外望去，不禁哑然失笑。原来，窗边挂着一只银丝鸟笼，笼内的八哥正拍打着翅膀上下欢跳雀跃。

狄公走了过去，轻轻拍打鸟笼，佯装斥责道："你这顽劣的

梁奋恳请狄公能与他小谈片刻（高罗佩　绘）

家伙把我吓了一跳！"

"顽劣的家伙！"八哥尖叫起来。它昂着羽毛滑润的头，用一只眼狡黠地看着狄公。"请坐！"它又尖叫了一声。

"谢谢，谢谢！"狄公说道，"不过我得先去看看金鱼，行不？"

狄公俯下身子，只见瓷缸中六尾墨色金鱼摇着尾巴浮出水面，鼓着大眼睛正盯着他。

"我今日无鱼食喂你们，只能请你们原谅了！"狄公说道。鱼缸中央，一尊小小的花仙雕像立于一块形似石头的基座上，稍稍高出水面。小花仙是用陶瓷烧制而成的，只见她头戴宽边草帽，双颊绯红，面带微笑，栩栩如生。狄公伸出手想要触摸这尊小花仙，水中金鱼却不依不饶，四处窜跃，水花飞溅。狄公明白，这些价格不菲且倍受珍爱的小金鱼受到了惊扰。他担心剧烈的游动会损坏其纤细的长尾，因而不再流连，遂向书架边走去。

这时，门开了。梁奋搀扶着一个年迈、腰弯的老者进入房内。狄公向他施礼，并且谦恭地站在一旁。梁奋扶着老人一步一步走向太师椅。老人的左手由梁奋搀扶着，右手则拄着一根红漆手杖。老人身穿一袭棕色锦缎长袍，头戴绲有金线的帽子；额前佩戴着一副月牙形的眼罩，因而狄公看不见他的双眼；上唇那灰白、浓密的短髭和那飘至胸前的美髯，给人留下极为深刻的印象。当年迈的梁大人缓缓地在桌案后的太师椅上落座时，银丝笼中的八哥突然拍打起翅膀，尖叫起来："五千两白银！"老人的头动了动，书生连忙用汗巾罩住了鸟笼。

梁大人双肘搁在桌上，硕大的脑袋向前伸着，锦袍肩部微微上翘，就像一对翅膀。在背后窗户透出的光线衬映下，他那弯腰驼背的身影瞧上去活像一只掠食的巨鸟栖息在枝头。可是，他的声音微弱，言语不清，喃喃说道："贤侄请坐！我猜你是我当年的同僚，已故夔州长史狄大人之子吧？"

"正是在下，大人！"狄公恭敬地答道。狄公斜着身子坐在靠墙的椅子上，而梁奋则站在梁大人的身旁。

"我已九十一岁了！"梁大人继续说道，"眼力不济，关节疼痛……到了这把年纪也不敢奢望什么了！"说着，头又垂在胸前。

"在下狄仁杰，"狄公说道，"请大人原谅我冒昧前来打扰，我当尽量从简禀陈。眼下有两宗棘手的案子。大人一定知道，汉源百姓甚难接近，他们……"

狄公见梁奋用力向他摇头，并过来对他耳语道："大人已经睡着了！近来他常常如此，一睡就是几个时辰。不如到我的书房坐坐，我去告诉仆役。"

狄公怜悯地看了看老者，见他头枕着手臂，俯身桌案沉沉睡去，且呼吸急促。狄公随梁奋来到梁府后院的小书房，门开着，对面便是一个小而精致的花园，园子四周围着高墙。

梁奋请狄公在书桌边的椅子上坐下。书桌上堆着账本和书卷。"我现在去唤服侍大人的老夫妻来，将大人送回卧房。"梁奋匆匆说道。

狄公一人留在书房，捋着胡须，不禁感叹今天出师不利，运气欠佳。

梁奋回到书房，忙着给狄公倒了一杯热茶，然后坐在茶几旁，怏怏不乐地说道："狄大人来得真不巧，刚好碰上梁大人小睡，实在抱歉！不知您有何吩咐，我当尽心效力。"

"不必客气，"狄公答道，"不知梁大人他何时得此病症？"

"大约半年以前，"梁奋叹了口气说道，"梁大人在京城的长子差我到此，以帮他父亲打点府上事务，如今算来，业已八个月了。于我而言，这确是天赐的美差。实不相瞒，在下家道中落，贫困潦倒。但在宗亲梁大人的府中，我无冻馁之虞，还有闲暇准备再次参加科举。头两个月，诸事顺遂。梁大人让我每日早晨去他书房待上一个多时辰，他口授书信，我代为抄录，遇上他心情愉快时，还会对我讲述他在京城为官时的趣闻轶事。他视力不济，因此屋内的家具极少，怕碰伤人。他关节疼痛也时有发作，可是神志清爽，亲自掌管多处田地产业，且经营有方。

"然而，大约半年前，可能是夜间睡觉时突然中风之故，他变得言语困难，头晕目眩，六七天才唤我一次，常常说话间就昏睡过去。有时一连几日待在卧房，只喝点茶水、吃点松子，还煎服一种他自备的草药。那对照料他的老夫妻说，他想求得长生不老！"

狄公摇头叹息，说道："高寿未必就是福呀！"

"大人，简直是祸！"年轻书生说道，"因此，我觉得必须求教于大人！梁大人尽管染恙，可他非亲自过问账务不可。他写信不让我过目，与万一凡谈买卖上的事也不许我参与。万一凡是生意上的中间人，是刘飞坡引见的。可是我必须记账、结账。近来，我注意到梁大人的买卖做得过于离奇，他以不可思议的低价出卖了他大片的耕地。大人，这可是赔本的买卖呀！梁家指望我能尽责，可我无能为力呀！梁大人不想让我插手，我如何能出言相劝呢？"

狄公同情地点点头，这可真是件棘手的事。过了一会，他说道："对你而言，这是一桩吃力不讨好的差事。可是，你务必要告诉梁大人的长子有关这里的情况。何不请他来这里住上一段时日，他便能亲眼看见他父亲已是老朽之人。"

对狄公的话，梁奋似乎不以为意。狄公对梁奋深表同情，他完全明白，一位声名显赫贵人的穷亲戚，想要对家族告知这类不利于一族之长的事，是多么尴尬和为难。他对梁奋说道："要是你告诉我几个实际的例子，说明梁大人在买卖上不善经营，我很乐意为你写个便笺，以县令的身份证实梁大人已年迈多病，无力妥善处置家族事务。"

书生脸上的愁容顿时烟消云散。他感激万分地对狄公说道："大人，那敢情好！为了熟悉账务，我已经对梁大人最近的几宗买卖结算了一下，并已记在账册上。这是总账，梁大人在空白处亲自写了批语。因为眼睛不好，字写得很小，但意思是清楚的。大人，你看，梁大人对那片耕地的开价太低。买主付的倒是现钱，不是金锭就是纹银，不过……"

狄公全神贯注地审视着梁奋递给他的账簿。他并没有注意账目的内容，而是在细看上面的笔迹。这字迹与竹林逸士写给杏花情笺上的手笔简直一模一样。

狄公抬起头，说道："我把账簿带回衙门细阅。"他卷好账本放进袖内，又问道："蒋虎彪投河自尽，你一定深感震惊吧？"

"我？"梁奋愕然，"我听大家谈起此事，可从未与他谋面。大人，在汉源，我几乎没有朋友，也很少出门，只到过孔庙藏书楼去找过书。空闲时，我只是埋头读书。"

"可是你有闲暇去逛柳巷，是吗？"狄公冷冷地问道。

"简直是无稽之谈！"梁奋气愤难平，大声说道："大人，我夜间从不出门！那对老夫妻可以替我做证。我对那些水性杨花的女人毫无兴趣。再说……再说我到哪儿去弄银子供我消遣作乐？"

狄公没有作答。他起身走向园门，问道："梁大人以前身体健朗时是否常去园中散步？"

梁奋很快瞥了狄公一眼，答道："不，大人，这是后园。这扇小门通往屋后的小路，府里的花园在屋子的另一头。狄大人，您对那些闲言碎语千万别相信，我真不知是谁……"

"别在意。"狄公打断他的话，"我回去先看看账本，有事再来打扰你。"

书生频频道谢，然后引狄公到前庭，并扶他上轿。

狄公回到衙门，洪亮和乔泰正在书斋等他。洪亮神情兴奋地说道："大人，乔泰有新的案情禀报！"

"哦！太好了！"狄公在桌案后坐下，"快快说来，乔泰！"

"其实也没有什么，"乔泰不好意思地说道，"大人交给我的差事无多大进展！我去洞房又搜寻了一遍，仍然没有查到偷窥怪人的踪迹。马荣后来从寺庙回来与我一起勘查，也毫无结果。至于木匠毛源，也无重要发现。蒋府的管家说，他是在婚典前两日找的木匠。第一日，毛源为吹打乐手搭了个台子，晚间，他就睡在门厅。第二日，他修了几件家具，又补了洞房漏雨的屋顶。那晚，他依然与看门人睡在门厅。次日早晨，他又整修了宴席用的饭桌，后来还在厨房帮忙。婚宴开始后，他就与下人们一起饮酒，喝得酩酊大醉后，倒头就睡。不承想，早晨醒来，就闹出了洞房凶案。毛源心生好奇，想看个究竟，所以没有离开蒋府，一直到蒋举人寻找儿子无功而返。后来，管家见毛源在大门口与发现蒋少爷腰带的渔夫说话，不久他也带着木匠家什走了。在蒋府，毛源没有跟蒋举人说过话，一直是管家吩咐他干活，也是管家付钱的。"

乔泰摸了摸短须，接着说道："今日午后，我趁举人小睡时，翻看了一下他的藏书。其中一卷有关箭术的古书，里面带有插图，我甚感兴趣。翻看之后刚要放回原处，忽然发现此书的后面横放着一本旧书，原来是一本棋谱。我顺手一翻，它的最后一页就是杏花袖内所放的那一张棋谱。"

"好极了！"狄公不禁高声说道，"这本书你拿来了吗！"

"没有，大人，我怕举人起疑。我让马荣兄弟留在蒋府，便去了孔庙对面的书摊。我对摊主说了书名，他说店内尚有一本，而且一下就翻到了最后一页。摊主说，此书是韩永涵的曾祖父七十年前出钱刻印的。这位老先生人称韩隐士，性情古怪，却是下棋的高手。他的这本棋谱广为流传，数十年来，爱好围棋的人都想破解最后一页的棋局，可是无人成功。书中对此棋局也没有说明。因此大家认为，可能是刻印之人误将此页装在书的最后。书尚在刻印之时，韩隐士便溘然长逝了，所以没来得及核校此书。大人，我买下了此书，请您过目。"

乔泰将一本书角卷折、纸页泛黄的古书递给了狄公。

"真是一段饶有兴味的传奇。"狄公说着，一面急切地打开书卷，迫不及待地翻看起书的序来。

"韩永涵的先祖是位出色的文人，"狄公说道，"这序写得不同凡响。"他将书翻到最后一页，又从抽屉内取出杏花袖内的那一张棋谱，比较之后，便说："杏花正是从同一版本的棋谱上撕下的。但是，究竟是什么意思呢？一张七十年前刻印的棋谱，与今日汉源城内正在酝酿的阴谋会有怎样的联系呢？真是不可思议！"狄公摇摇头，将书和棋谱放回抽屉内。他回过头，又问洪亮："洪亮，有刘飞坡的详情吗？"

"所得消息与案情并无直接的关系，"洪亮答道，"当然，刘飞坡之女的猝死，之后尸首又不翼而飞，左右街坊对此议论纷纷。百姓们说，刘飞坡一定预感到女儿的婚姻前景不妙，故而设法了结此事。在刘府旁边的酒肆，我与刘府的轿夫一起饮酒闲谈。轿夫对我说，刘老爷虽然为人刻板，治家甚严，可刘府上下倒对他颇有好感。老爷终年经商在外，下人们过得还算自在。不过，有一件事甚为奇怪，轿夫说老爷会隐遁术！"

"隐遁术？"狄公闻所未闻，大为吃惊地问道，"轿夫所说何意？"

"是这样的，"洪亮说道，"有几次，刘飞坡去了书房，可是当管家去书房找他时，书房内却空无一人。他在府内找了个遍，也不见人影。家里的人都说老爷并未外出，可到了用膳时，管家会突然在回廊或花园内碰见老爷。管家第一次遇到此事时，曾对刘飞坡说他到处找他却没找到。刘飞坡闻言勃然大怒，骂他是老糊涂，睁眼瞎，并说自己一直坐在花园的凉亭内。从此，管家再也不敢多言。"

狄公说道："那轿夫恐怕是喝多了吧！今日午后，我拜访了韩府和梁府。在韩府，韩永涵在闲谈中露出口风，说蒋举人早早赋闲回家，是因为有女弟子告他行为不端。可韩永涵断言，蒋举人是无辜的，并一再声言，汉源的名士品德超群。因此，刘飞坡说举人对其女非礼极不可信，正如我等当初认定此为无稽之谈一般。在梁府，梁大人有一远房侄子与他同住，他侄子的笔迹似乎与竹林逸士相似！把那些书信给我！"

狄公从袖中取出梁奋的账本，又拿出书信一比。他握拳猛击桌案，沮丧地说道："不对呀！笔迹对不上！这宗案子真让人心烦意乱！看！字体相同，墨迹相同，毛笔相同，就是笔锋不同，确实不同！"狄公摇头叹息，继续说道："可是何其相似乃尔！梁大人年迈体衰，府上除了一对老夫妻照看外，并无其他仆役。梁奋在后院有间小屋，并有门通往屋后的小路。他若与外面的女子幽会，这是最好的私会之处。也许杏花就是在那里与他见面的。他们可能在某个店铺邂逅相识。梁奋说他不认识蒋秀才，不过，他当然清楚，蒋秀才已经亡故，因而死无对证。洪亮，你看看，蒋举人写的名单上有无梁奋此人？"

洪参军摇摇头。

"大人，即便梁奋与杏花有私情，他也无法行凶。"乔泰说道，"他不在花船上，蒋举人也一样。"

狄公两臂抱于胸前，低头沉思。终于，他开口说道：

"坦白讲，对此案，我目前尚无头绪。你们两人先去用饭，然后乔泰去蒋府替换马荣。洪亮，你用过饭后，告诉厨房，我在书斋内用饭。今夜，我要在此细细审阅这两桩奇案的案情，看看能否理出点线索来。"狄公用力捻着胡须，停了一会，又说道："就目前来看，我们的证据很不充分。先说花船一案：一个舞姬因有秘事相告而被害，现有四个疑犯——韩、刘、苏和王。案情与一张七十年前刻印的棋谱有关。舞姬还有一段私情，这段私情也许与凶杀无关。舞姬的相好，可能是蒋举人，他熟知情笺上的别号；也可能是刘飞坡，他也可能知道这个别号，而且笔迹相似；还有可能是梁奋，他的笔迹相似，而且他的住所是幽会的绝好去处。

"再说第二桩奇案。一个学识渊博却被怀疑行为不端的举人对儿媳图谋不轨，以致儿媳死于非命，儿子也因此自尽身亡。举人未曾验尸，草草入殓。木匠与渔夫交谈后，疑窦顿生——洪亮，请记住，我们还要查找渔夫此人——木匠突然被害，凶器就是木匠用的利斧。举人断言新娘尸首失踪，杳无痕迹。

"眼下，就只有这些。你二位是否还有新的线索？没有，那好。汉源小城，死水一潭。韩永涵说得对，本城平安无事。好，大家忙去吧，明日再叙！"

九

▼

狄公用罢晚饭，令仆役露台看茶。

狄公慢慢登上宽石阶，来到露台，在太师椅上入座。晚风送爽，驱散乌云，圆月当空，银辉清朗，映照着无垠的湖面。

狄公啜饮香茗，随从轻手蹑脚地退下。偌大的露台上，只剩下狄公一人。他轻展双臂，舒了口气，松开长衫，靠在椅背上，抬头望着皓月。

狄公思前想后，两天来的事令他寝食难安，至今仍然一筹莫展。种种支离破碎的幻影，如走马灯似的在他眼前不停转悠：湖水中杏花惨白的面庞，被害木匠面目全非的头颅，洞房窗外憔悴枯槁的怪人。

狄公心烦意乱地站起身，走到玉石栏边。一眼望去，小城依旧，生活如常，孔庙前集市上的喧闹依稀可辨。朝廷将小城百姓托付于他，任重如山，可是凶犯至今逍遥法外，依然为非作歹。他身为县令，朝廷的命官，却对此无能为力。

狄公焦虑地在露台上来回踱步，双手背在身后。

猛然，狄公停住步子，思忖片刻，转身离开了露台。

书斋内没有人，他打开一只放有旧衣物的箱子，挑了件褪了色的破旧长衫穿上，外套一件打了补丁的旧短褂，腰间胡乱地系了一根带子。狄公摘下乌纱，松了发髻，用一块脏布包了头发。他又在袖内揣上两串铜钱，便踮着脚出了书斋来到前庭，出边门离开了县衙。

在屋外小路边，狄公抓了把尘土抹在胡须上，然后便穿街走巷来到集市。

集市上人声鼎沸，车水马龙。狄公挤在人群中，在小食摊上买了张煎饼，勉强咬了一口，胡须和脸颊上满是油腻。

他漫无目的地在街市上走着，试图在东游西荡的地痞无赖中找个人打听点线索。可是，人们只顾着忙自己的事，不想搭理他。刚想找一个卖肉丸子的小贩聊一聊，还未等开口，小贩往狄公手里塞了一个铜板，一边匆匆赶路，一边口里嚷道："上好的肉丸子！只卖五个铜板啰！"

狄公寻思，或许小饭馆里可以碰上三教九流的人物。他拐进小街，来到门前挂着大红灯笼的小面馆，掀开脏兮兮的布帘儿，走了进去。

屋内充斥着一股刺鼻的油烟味和酒菜味。木头方桌旁坐着十几个干活的下人，正呼噜呼噜地吃着面条。狄公刚在屋角的一张方桌旁坐下，衣服不整的店小二便向他走来。狄公要了碗面条。狄公曾下功夫研究过市井百姓的生活，故而能娴熟地讲俚语土话。即便如此，店小二还是狐疑地看了看他。

"这位客人眼生得很，打哪儿来的？"店小二粗鲁地问道。

狄公这才警觉，汉源是个闭塞的小城，陌生人很容易引起注意，于是急忙答道：

"我午后刚从江北到此。你休要啰唆！我吃面条，你收铜板。快快送上来！"

那店小二耸耸肩，对后面的厨房高声吆喝着。

这时，面馆的门帘猛地被人掀开，进来两条汉子。走在前面的一个长得高大魁梧，下穿一条宽大的裤衩，上身只着一件坎肩，颀长而满是肌肉的双臂裸露在外，上窄下宽的脸上，粗短的胡须硬立着。后面的一个，个头瘦小，穿一件满是补丁的长衫，左眼上还贴着一块黑膏药。他用手肘推了推高个儿，指了指坐在桌边的狄公。

他们疾步走到桌边，在狄公两边坐下。

"你两个混账小子，谁叫你们坐在这儿的？"狄公怒声道。

"住嘴！你这个臭外乡人！"高个汉子声嘶力竭地叫着。这时，狄公觉得有把刀尖抵住了他的腰。独眼汉子靠近狄公，一股混杂大蒜和臭汗的气味随之而来，令人作呕。他用鄙夷的口气说道："我看见你在集市上将一个铜板塞进腰包。我们怎能让一个来路不明的人抢了饭碗？"

狄公马上明白了，这家伙想要讹诈。沿街乞讨而不入丐帮，这可触犯了古已有之的不成文帮规。

刀尖逼得更紧。高个汉子大声喝道："有种的到外面去！屋后有一块僻静之地，咱们比试比试再说！"

狄公心中暗暗盘算，他的拳脚功夫虽然了得，也精通剑术，但对于刀术，尤其是这种下三滥的刀术，却是一窍不通。一旦出手，那他的真实身份便会暴露。他宁死也不愿成为百姓的笑柄。万全之策是让这两个无赖在店内动手，这样，那些正在吃面条的苦力或许会仗义相助，他便容易占上风。想到这里，他霍地将独眼汉子推倒在地，同时右肘用力把刀向后猛击。他感到腰间一阵刺痛。但他现在能跳起来，他一跃而起，挥拳向持刀者的脸上打去。狄仁杰踢开凳子，绕桌而行。他拾起凳子，掰下凳腿当作棍棒，举起凳子当盾牌。两个无赖口里骂着娘，乱作一团，手中挥舞着大刀向狄公冲来。众吃客纷纷起身，但没人动手，只是"坐山观虎斗"。

高个无赖挥刀劈向狄公，狄公用凳子抵挡，并以凳子腿向小个子的头部猛击。小个子飞快躲过凳子腿，这时门边传来粗野的喊声："是谁在此寻衅滋事？"

一个干瘦苍白的老人伛偻着身子向他们走来，两个无赖慌忙丢下刀子向他作揖。老人双手扶着拐杖，停住脚步，灰白的长眉下一双狡黠的眼睛盯着他们。他身穿一件棕色的旧长衫，头戴一顶油腻、污渍的小帽，但神态威严。看着高个无赖，他不悦地说道："毛禄，你想干什么？你知道我不愿看到你们在城内斗殴杀人。"

那人低声说道："来路不明的人到此行乞，按规矩就得杀！"

"那得由我做主！"老人不容分说，打断那人话头，"我是帮主，我说了算。在问明白之前，我不会妄加惩治。现在，你说说吧！"他的最后一句话显然是在问狄公。

"我想填饱肚子再去见您，"狄公沉着脸答道，"我到这个该死的地方才几个时辰。如果连吃碗面条都不得安生，那我还是回去吧！"

"他说的是实情，"店小二插话道，"我刚才问过他，他说是从江北来的。"

白须老人打量着狄公，问道："你身上可有钱？"

狄公从袖内取出一吊铜钱，那瘦小的无赖一把抢了过去，说道：

"加入丐帮，得交半吊铜钱，另外半吊嘛，作为你今天的份子钱。从今往后，每日夜晚，你须到红鲤客栈，将你每日所得钱财的一成交付给我。"说着将一块刻着号码的木牌和帮会用的筹码丢在桌上，"这是你的入会牌，收着吧！"

高个子无赖一脸的厌恶。

"如果你问我……"他说道。

"我不怕你。"帮主打断他的话，"别忘了，当初木匠行会不要你，是我收留了你！你在此究竟想干什么？听说你去了三树岛？"

毛禄咕哝着说是去看一个朋友。独眼无赖斜眼看了看他说道："是看一个娘们！他来此是想把她带走，可是她装病不见，因此就去了那个破庙！"

毛禄恨得咬牙。

"你这个蠢货，胡说八道！"他暴跳如雷。然后两人对老人作揖，匆匆离去。

狄公本想与帮主再聊一阵，无奈那老人无意于此。老人返身折回，店小二恭敬地把他送到门口。

狄公重新在桌旁坐下。店小二送上一碗面条，外加一盅酒放在狄公面前，客气地说道：

"这位大哥，一场误会！我家掌柜的赏你一杯酒，今后请多多光临！"

狄公不再搭理，津津有味地吃着面条。他心中暗自思忖，此次遭遇是个教训，下次微服私访，他不能再扮乞丐，还是扮成医生或者算命先生为好。这些人云游四方，不会在一处待上很长时间，再说他们都是独来独往，无帮派之累。狄公吃完面条，才发觉腰部的伤口流血不止。他付了钱，离开面馆。

他又来到集市的药摊上，摊主替他清洗伤口，说道：

"天哪！算你命大，这会儿只伤了皮肉。你大概将那个家伙打得更惨吧？"

摊主替狄公贴上了膏药，狄公付了五个铜板，然后继续向街市走去。当他慢慢向县衙走去的时候，街上的店铺已陆续上了门板。来到县衙前的平坦大路时，他长长地舒了口气。看看四下并无衙役、兵丁，狄公赶紧穿过大街，走进通往县衙边门的小道。忽然，他收住脚步，身子紧贴墙身。他看见一黑衣人正在边门旁，那人弯着腰，好像想打开门锁。

狄公睁大两眼想看清他究竟在做啥。这时，黑衣人霍地站直身子，向左右看看，拐进了小道。那人头上包着一块黑布，狄公看不清他的脸。黑衣人一见有人，便想匆匆逃离，可是狄公三步并作两步，上前一把逮住了他。

"放开我！"黑衣人叫道，"不放手我要喊人了！"

狄公一听，大吃一惊，连忙放手。黑衣人是个女的。

"别害怕！"狄公说道，"我是衙门里的。你是何人？"

黑衣人迟疑片刻，才用颤抖的声音说道："你像个打劫的强盗！"

"我便衣出行，有要紧差事！"狄公恼怒地说道，"快说，你在此做甚？"

女子褪下头巾，原来是一位年轻貌美的姑娘，脸上还透着一股灵气。她说道：

"我有要事求见县令大人！"

"那为何不走大门？"狄公问道。

"我是瞒着家人来的。"姑娘说道，"我想引起衙内的丫鬟注意，让她带我到衙内去见县令大人。"说完，姑娘警觉地看着狄公，问道："我凭什么信你是衙门里的？"

狄公从袖中拿出钥匙，开了门说道："我是县令，随我进来！"

姑娘兴奋得呼吸急促，走上前去，对狄公低声说道：

"大人！我是柳絮，韩永涵的女儿！我父亲差我前来禀报，他遭暗算，受了伤。他求您快去！他说您一定知道此事，十万火急！"

"谁暗算了你父亲？"狄公始料不及，问道。

"那人就是杀害杏花的凶手！请快去我家，大人！我家离衙门不远！快！"

狄公走进衙内，从围墙边的花枝上摘下两朵红月季，随后又回到小道，锁上门，把花交给姑娘。"将花插在发间，"他命令道，"前面带路！"

姑娘遵照狄公的吩咐，把花插在鬓间，遂向小道口走去。狄公落后数步，紧随其后。这样，万一路上遇见更夫或行人，他们会以为是青楼女子随嫖客回家寻欢作乐。

不一会儿，他们就来到韩府气派的大门口。柳絮领着狄公绕过大门来到府邸后面的厨房边门。她从怀里掏出一把小钥匙开了门，与狄公一同进了韩府。两人穿过小花园来到一间书房。柳絮推开门，示意狄公进去。

书房虽小，陈设却极为精致考究。后墙放着一张又高又大的紫檀木雕卧榻，韩永涵仰卧在床，头下枕着锦缎的绣花枕头。窗边茶几上的银蜡烛台插着蜡烛，烛光照在韩员外那苍白憔悴的脸上。他见狄公这等打扮，吃惊地叫出声来，并挣扎着坐起身子。狄公急忙说道：

"不必惊慌！本县在此。你伤在哪里？"

"大人，父亲被人击中太阳穴！"柳絮说道。狄公在床边的凳子上坐下。柳絮走到茶几边，在铜盆热水中绞了一把汗巾，擦拭着韩员外的面庞，并指了指右太阳穴。狄公探身向前，看到右太阳穴确有一处明显的青紫伤痕。柳絮用汗巾轻敷伤处。这时，姑娘已经脱去黑色斗篷。狄公看到，她的确是个美貌文雅的姑娘。姑娘焦虑地看向父亲，可见，她十分敬爱她的父亲。

韩永涵瞪着一双惊恐的眼睛，呆望着狄公。与下午见到他时相比，韩员外像是换了一个人。他的傲慢已荡然无存，目光显得呆滞，眼袋凸现，嘴角边的皱纹深如刀刻。韩员外声音嘶哑，低声说道："大人能来敝府，我不胜感激！今夜我突遭绑劫，大人！"他不安地看着门窗，接着说道："是白莲会所为！"

狄公紧张得坐直了身子。

"白莲会！"狄公不敢相信自己的耳朵，大声说道，"简直荒唐！此邪教帮派早在几十年前就被杀尽灭绝了！"

韩永涵缓缓地摇着头。柳絮在一旁沏茶待客。

狄公目光警觉地直视着韩员外。白莲会曾是密谋篡反朝廷的帮派，据说为首的是一些愤世嫉俗的高官。他们声称上天赐给他们超凡的神力，能未卜先知，并说朝廷已摇摇欲坠，该由他们建立新政。于是，利欲熏心、心怀叵测的朝廷命官、盗匪首领、逃亡的兵将和出狱的案犯等，纷纷加入该会，秘密结社，枝蔓遍及各地。可是，他们企图叛乱的密谋外泄，朝廷果断采取措施，将他们的阴谋扼杀于萌芽状态。首犯都被处决，并被满门抄斩，所有入会者也被毫不留情地斩尽杀绝。尽管那次叛逆发生于先皇在位之际，可仍对当今朝廷有相当大的影响。如今，已无人再敢提及这个可怕的名字，狄公更是从未听说有人胆敢再掀反朝廷的逆流。狄公耸耸肩，问道："到底出了什么事？"

柳絮给狄公敬了茶，又递给父亲一杯。韩员外急急喝了几口，说道："晚饭后，我通常去寺庙附近散步，借此纳凉消暑，一般也无仆役跟随。寺庙周围人迹稀少，今夜也是如此。经过庙门时，我看见一乘四面有轿帘的轿子，由六人抬着。突然，一块厚布罩住了我的头，猝不及防，两手又被反绑于身后，然后又被人抬起，抛进了轿子。这时，有人用绳子捆住了我的腿脚，轿子飞也似的被人抬走。

"厚布罩住了我的头，我听不到一点声音，人也感到闷得发慌。我用脚猛踢轿子，有人将罩在头上的布稍稍松了一下，我才得以透口气。不知过了多久，我估量，至少有半个时辰，轿子终于停了下来。两个人不由分说将我拖出轿外，拖着我上了楼梯。我听见他们开门后，将我放下，用刀割断我腿上的绳索，令我自己走进屋内。他们把我按在椅子上，拿掉了我头上的厚罩布。"

韩永涵深深吸了一口气，又继续说道：

"我看得清楚，自己坐在小房间的一张红木方桌旁，桌子的另一边坐着一个男子。他穿着绿色的长袍，头肩均被白色头罩遮住，上有两个小孔，眼睛可以向外张望。我混混沌沌，浑身哆嗦，刚要申辩，那人便愤怒地用拳头猛击桌面，而且……"

"他的手是什么模样？"狄公插话问道。

韩员外想了一下，答道：

"大人，我不知道，他戴着打猎用的护手，身上没有一样东西可供辨认。他穿的那件绿袍很宽松，所以不知他是胖是瘦，白色头罩也使他的声音变了音。我说到哪里了？对了，他不容我申辩。他对我说：'这只是一个警告，韩永涵！那天夜晚，一个舞姬对你说了她不应该说的话，你知道她得到了报应。韩永涵，你没有对县令说出杏花对你说的话，你做得对，很明智！白莲会的法力无边，你的姘妇杏花之死就是明证！'"

韩永涵用指尖按了按太阳穴，柳絮赶紧过去。韩员外摇摇头，面带愁容地说道：

"大人，我百思不得其解，那人在说些什么？舞姬，我的姘妇？还有，大人，你知道，在花船宴席上，杏花根本没有与我讲什么话！我愤愤地对那人说他在胡说八道，他竟大笑起来。那笑声从头罩里发出，令人毛骨悚然。他说：'韩永涵，你说谎也无用。要不要我告诉你杏花对你说的话？我可以一字不差地告诉你！听着，她对你说：'永涵，待会儿小女子有事相告！有人正在本城策划一起阴谋，万分危急！'听他说了这番莫名其妙的话，我目瞪口呆地望着他。他又嘲弄似的说：'你没什么可说的了吧？韩永涵！你看，我们白莲会能知天下事，而且神力无边。今晚，你领教了吧！听我的，韩员外，忘掉她说的话，永远忘掉，忘得一干二净！'他对一直站在我身后的人使了个眼色，又说道：'让这个奸夫忘掉过去，下手不要留情，记着点！'接着，我头上就挨了这一下，昏了过去。"

韩员外又吸了口气，说道："醒来后，我发觉躺在自家后门口。幸好，四周无人。我爬了起来，摸进了我的小书房。我唤来柳絮，让她快去找大人，但切莫让人知道我向你禀报这一切。大人！我命已危在旦夕！城内到处有白莲会的耳目——甚至衙门内也有！"

说完，韩永涵重又把头靠在枕上，闭上了眼睛。

狄公捋着他的长须，默默沉思。稍候，他问韩员外："那间房是什么样子？"

韩员外睁开眼睛，皱着眉头，用心思索着。过了一会，他答道："我的眼力所及，那是一间很小的屋子，六边形，有点像花园里的亭子，可是屋内相当闷热。除了那张方桌外，屋子里还有一样东西，就是黑漆木柜，靠墙放在那个蒙面人的椅子后面。我还记得，墙上挂着褪了色的绿幔帘。"

"你还记得，"狄公问道，"你去的地方是朝哪个方向？"

"模模糊糊，记不清了。"韩永涵答道，"起先，我被打得晕头转向，也没在意什么方向。好像一直朝东，先走了一段下坡，最后走的是平地。"

狄公起身。他腰部的伤口又疼了起来，他想早点回衙。

"很感谢你能向我禀报此事，"狄公说道，"我觉得这是有人在寻衅报复你。你想想，你在此地可有仇人？他在这个时候与你作对，开了个大玩笑？"

"我没有仇人！"韩永涵气愤地说道，"说到开玩笑，大人，我拿性命担保，那人绝不是开玩笑！"

"或者说是恶作剧吧，"狄公冷静地说道，"因为我已经断定，杀死杏花的凶手一定是船上的船工。我在船上审问船工时，注意到当中有一个人神色不安。在县衙的大堂上，我定要严审此人。"

韩员外的脸上掠过一丝喜色。

"大人，当初听说此案时，我就说过此话。"韩永涵不无得意地大声说道，"我与我的一班朋友也认为，凶犯定是船工无疑。对，大人所言极是，那帮人将我绑劫的确是恶作剧。我得好好想想，是谁干的缺德事！"

"我尚有公务在身，"狄公说道，"如有疑问，我当再次来府上打扰。"

韩员外喜形于色。他对柳絮笑着说："仆役此时早已睡下，柳絮，你且领大人从大门出府。再让大人从后门像个贼似的出府，成何体统！”

他肥硕圆润的双臂合抱胸前，头靠在枕上，长长地舒了一口气。

柳絮领着狄公走出小书房，回廊一片漆黑。

"我不愿点灯，"她轻声说道，"父亲的几房太太就住在附近。您跟着我走就是！"

黑暗中，柳絮的纤纤细手搀住狄公，领着他沿着回廊向前走。柳絮的绸衣与狄公的衣袍轻轻碰触，瑟瑟作响。狄公能隐约闻到柳絮衣裙上熏香所散发出的幽兰芬芳。狄公暗想，此时此景，耐人寻味。

走出回廊，他们来到宽敞平坦的庭院，柳絮松开了手。这里月光如洗，四周景物依稀可辨。狄公看见左边有一扇门虚掩着，亮光从门内透出，空气中弥漫着浓郁的香火气味。狄公停下脚步，对柳絮低声说道："四下无人，我们到内中看看如何？"

"好！"姑娘答道。"这是我家的佛堂，为曾祖父所建。曾祖父虔诚信佛，所以立下家规，佛龛周围油灯需日夜长明，堂门不得关闭。现在无人，我们就进去看看吧！"

狄公欣然点头，虽然这时他已困倦疲乏。可他明白，探听这位神秘莫测的刻印古棋谱之人的底细，此等良机岂能错过！

佛堂不大，一大半地方被高大方正的佛龛占去。佛龛紧贴着后墙，用砖木砌成。佛龛前方立有一玉碑，约四尺见方，上面镌有题词。佛龛内立着一尊镏金的释迦牟尼像，盘腿坐在莲花座上。佛像很高，几近佛堂的屋顶；在昏暗的阴影里，依稀可见佛祖那安详微笑的面容。佛堂四壁绘着佛祖的生平故事。佛龛前的地面上有一蒲团，供人跪拜祈祷，长明油灯则搁在铁支架上。

"这间佛堂，"柳絮不无炫耀地说道，"由曾祖亲自督建。大人，他是一位睿智、善良的长者，也是我们家族史上的传奇人物。他从未参加过科举，宁愿隐居在家，潜心攻读，因此当地百姓都叫他韩隐士！"

狄公见柳絮如此热忱，心中甚感欣慰。现今的年轻小姐对家史古训知之甚少。他说道："听说他还是围棋高手。不知你父亲或者你本人对此有无爱好？"

"大人，"姑娘答道，"我们都无此爱好，我们只玩纸牌和骨牌。下棋太费时间，况且只有两人对弈。大人，您看见那碑上的题词了吗？那是曾祖亲自题词手刻的，他的手巧得很，是篆刻的高手呢！"

狄公走近佛龛，朗朗诵读上面的字句：

佛堂内的谈话（高罗佩　绘）

佛日如是汝悟吾意
传经布道此言须记
指世若此独蕴妙玄
宏济众生万宝舍得
退进舍取皆缘于此
绝仁弃义脱凡至圣
一入空门万事皆去
极乐极尽享安守宁

狄公一边点头，一边说道：

"韩隐士的字刻得精美绝伦，所题之经文含义隽永。我一生虽以孔圣人为楷模，但仍觉得佛经也颇有值得回味之处。"

柳絮虔诚地看着玉碑，道：

"大人，您看！觅得如此大的整块玉石是不可能的，因此曾祖事先把字一个一个地刻在小块的玉石上，而后再镶嵌成一块碑。先祖真是一位超凡之人。他拥有万贯家财，可在他死后，他的银库里却分文不剩。据说，他乐善好施，总偷偷将钱财拿去救济穷人。再说，他的后辈并不需要钱财，他留给我们的田地价值连城，变卖所得，就足够我们受用一生。"

狄公兴味盎然地看着这个姑娘。她长得妩媚动人，面庞轮廓分明，表情生动，有一种纯朴自然的神韵。狄公说道："你如此敏学，对文物古董又如此潜心学习，一定认得刘飞坡的爱女月仙啰！刘飞坡说月仙也聪敏好学。"

"是，"柳絮轻声说道，"我与她相知甚深。我们几个要好的姑娘常常小聚叙谈。她父亲终年经商在外，她在家甚感寂寞。

大人，月仙是个倔强上进的姑娘，她擅长猎骑，像个勇武的男子。她父亲视她为掌上明珠，总是激励她好学上进。我不明白她究竟死于何因，她还这么年轻！"

"我正竭尽全力勘查此案，"狄公答道，"你若能多说些她的事，定能助我一臂之力。你说她喜好弄枪舞棒，可她不是在跟蒋举人学古文吗？"

柳絮笑了起来。

"对，"她说，"告诉您也无妨。我们几个要好的姑娘都知道此事！月仙爱好古文，始于她邂逅蒋秀才的那一日。她对那后生一见钟情，因此缠着父亲要去私塾学古文，以便能见到蒋秀才。他们两人可谓'你有情，我有意'，可是现在两人都……"

她不禁伤感地摇摇头。狄公稍停片刻，说道："月仙长得什么模样？你一定听说了，她尸体失踪了。"

"她长得可好看呢！"柳絮脱口说道，"不像我那么瘦弱。她长得丰满、健康，与那可怜的杏花姑娘有几分相似！"

"你也认识杏花？"狄公颇感意外。

"不，"柳絮答道，"我从没与她说过话。父亲经常让她到家里来给客人们献舞助兴，我有时就隔窗偷看，她的舞跳得实在太好了。杏花与月仙一样，瓜子脸，柳叶眉，身材婀娜，她们真像是姊妹俩！只是，杏花的眼神有些特别。大人，她的眼神有点儿让人害怕！通常，我站在客厅外幽暗的回廊里看她跳舞，她理应看不见我的，可是当她旋舞至窗口时，她的眼睛直盯着我瞧，眼神里有一种莫名的怪异和锐利。杏花怪可怜的，她的一生命运多舛，还得在男人面前卖弄风情，到头来还死得那么可怕。大人，您觉得这湖……是不是与她的死有关？"

"不，绝无关系！"狄公答道，"苏员外对杏花的死一定深感痛惜吧？他似乎对杏花一往情深。"

"苏员外仰慕杏花，但对她敬而远之，大人！"柳絮笑着说道，"苏员外常来我家。依我看，他很腼腆，可他力气大得惊人，而且常常为此生出许多尴尬。记得有一次在我家，他不小心将我家祖传的细瓷茶盏捏得粉碎！他至今尚未婚配，因为他见了女人就害羞！说到王员外，他与苏员外不一样，别人都说王员外贪恋女色。您看，我说得太多了，大人会以为我是个搬弄是非的人！我不该耽搁大人的时间。"

"不，不！"狄公急忙说道，"你说得很好，我受益匪浅。对于与案件有牵涉的人，我一向愿意多探听，并摸清底细。再谈谈刘飞坡。你认为他与杏花的交往如何？"

"大人，我以为刘飞坡与杏花只是泛泛之交。杏花常在宴席上献舞，如此而已。刘飞坡为人拘谨、寡言，对轻浮浅薄的歌舞毫无兴致。动工兴建他在汉源的避暑庄园之前，他曾在我家住过六七天。我发觉，每次家宴聚会，他只是枯坐一旁，神情漠然。除了经商，他只爱古书和文稿。对了，他对他女儿月仙钟爱有加，一谈起他的爱女，心情便格外舒畅。这也是他与我父亲闲谈时的共同话题，因为父亲也只有我这么一个女儿。月仙的死无疑给他带来极大的创伤，父亲说他简直像变了一个人似的……"

柳絮走到油灯旁，从地上的油壶中舀取些油添上。狄大人出神地望着她玲珑的身影和纤纤细手的优雅姿态。看来，柳絮和她父亲异常亲密。可是，韩永涵一定对女儿极力隐瞒他内心的邪欲。适才在小书房，听了韩永涵的一番奇谈后，狄公愈加怀疑韩员外，也隐约听出了他话中的恫吓。他强压住心中的懊丧与叹息，问柳絮：

"刚才我们尚未谈起梁大人，你见过梁大人和他的侄儿吗？"

闻听此言，柳絮的面孔顿时飞起红云。

"没有，"她急忙答道，"父亲出于礼节去拜访过梁大人，可梁大人从未来过我家。他身份尊贵，也无此必要。"

"耳闻他的侄儿是个放浪的后生。"狄公试探着说道。

"那是恶语中伤！"柳絮愤愤不平地大声说道，"梁奋是个品行端正的后生，他常去孔庙书屋攻读！"

狄公不禁端详起柳絮。

"何以见得？"他追问道。

"我偶尔与母亲去孔庙的园中走走，"柳絮说，"在那儿曾见过他。"

狄公点点头。

"好，韩姑娘，"狄公说道，"多谢你的指教，真是令我茅塞顿开。"狄公转身向门边走去，柳絮快步上前，低声说道：

"恳请大人早日缉拿暗算我父亲的坏人，我不相信这是个玩笑。大人，父亲一向严肃拘礼，但他是个好人，对旁人从不妄加非议！我很替父亲担忧，也许连他自己都不清楚他会有仇人。大人，这些人会加害他的！"

"姑娘放心，这件事我当恪尽职守。"狄公说道。

柳絮感激地看着狄公，说道：

"小女想赠大人一件薄礼，作为今夜大人探访我家佛堂的纪念。不过，请大人不要告诉我父亲，因为这样的东西只能赠给族内的我亲友！"

柳絮急步走向佛龛，从旁边的凹壁里取出一卷纸，从中抽出一页，双手托着，恭敬地递给了狄公。纸上极为工整地抄录着神龛玉碑上的题字。

狄公折好纸页，放入袖内，神色庄重地说道：

"得此厚礼，不胜荣幸！"

狄公很高兴看到柳絮发间仍然插着那两朵月季。花儿与她的脸庞相得益彰。柳絮带他穿过曲折的回廊来到门厅。她打开厚重的大门，狄公默默欠身，出门走进空寂无人的街巷。

十一

查疑犯马荣受挫败
辨真伪狄公访城郊

次日清晨，天刚破晓，两名仆役来到狄公书斋洒扫。见狄公尚在榻上沉睡，仆役便急忙退出，并嘱前来上茶的童子切勿惊扰。

过了半个时辰，狄公醒来。他坐在榻边，将药膏的一角揭起看了看，腰伤已渐愈合，遂撑起身子下榻。匆匆漱洗后，狄公于桌案后坐定。他轻拍案头，仆役闻声前来。狄公遂命侍膳，同时唤他的三名随从到书斋。

洪亮、马荣和乔泰在桌前坐定。狄公一面用膳，一面听洪亮禀报他拜访茶叶商孔先生的详情。孔先生对洪亮说，他与蒋举人闻知蒋秀才落水身亡后，心情极度沮丧，以至当时未曾想起询问渔夫有关细节。眼下，要查找渔夫并非易事。

马荣说，昨夜蒋府没有动静。早晨他与乔泰离开蒋府时，有两名兵丁还守在那里。

狄公放下筷子，啜饮着香茗。他对三人谈起小面馆的遭遇。狄公才说完，马荣一脸失望地叫起来："大人怎不带我一同前往？"

"不行，"狄公说道，"我一人已经惹来诸多麻烦，要是你去了，情形更糟。再说，那样你会遇上毛禄。我今日命你将毛禄带到衙门，我要弄清毛源被害那天，毛禄是否见过他。另外，再探听一点关于月仙的消息。马荣，你速去红鲤客栈，找到帮主，问他毛禄现在何处，并将毛禄缉拿到此。另外，将这二两纹银交给帮主，他昨天替我解了围。告诉他，此银是衙门对他的犒赏，念他治帮甚严，管教有方。"

马荣拔腿就走，被狄公抬手叫住。

"等等！"狄公说道，"我话尚未说完。昨夜实在是多事之夜！"

接着，狄公对三人讲述起与韩永涵的一席谈话。不过，狄公没有提及白莲会，只说绑劫韩员外的是一伙盗贼。狄公讲完，乔泰马上说道："我从未听过如此荒唐之事！大人一定不会相信韩永涵这个混蛋的片言只语吧？"

狄公异常平静地说道："韩永涵是一个凶残狡诈的凶犯！他一定是听到杏花在花船宴席上对我说的话。当时他佯装酒醉，假意沉睡，因此听到杏花将要泄露他策划的邪恶诡计。昨日午后我去他府上拜访时，他甚至企图要我对杏花之死保持沉默，遮人耳目。见我不理会，他便又想威逼于我。昨日夜里，他这么做了，而且做得不露破绽。他刻意编造了一个荒诞不经的故事，当然不是为了蒙骗我，而是为了掩盖他的恫吓，使我将来不能治他的罪。朝廷大员们会怎么看我狄仁杰？他们会说，韩永涵真要诓骗我，也不至于虚构如此不堪一击的谎言！韩永涵还颇会演戏，他当着女儿的面讲述他的奇遇，给我们看他的伤，那显然是自己弄的。你们看，此人多么凶险！"

"将这恶棍绳之以法！"马荣恨得咬牙切齿。

"可惜，我们尚未取得真凭实据！"狄公对马荣等人说道，"没有令人信服的证据，决不能严刑拷问案犯。但要拿到证据，我们尚有重重困难！我昨夜已经暗示韩永涵，说我怀疑船工是杀死杏花的凶手。这样他会明白，我对他的一番用意已经心领神会了。希望他误以为他的恐吓已经奏效，从此失去警觉而轻举妄动。"

洪亮一直用心听着，这时他问道："大人，杏花对你说话时，你确定当时没有其他人站在你的身后？譬如说，仆役或别的舞姬？"

狄公沉静地看着他，然后慢慢答道："洪亮，没有别人。我不敢有绝对的把握，但至少可以断定，没有仆役站在身后，也不可能有舞姬。五位姑娘均在前面，我看得很清楚。说到仆役……应该有一个仆役在场……"

狄公捻着胡须，沉思着。

"那么，大人，"洪亮继续说道，"我以为韩永涵说的事情也许是真的。假如这个仆役偷听到杏花说的话，但他可能认为她是在跟韩永涵说话。当时杏花站在大人与韩员外之间，从后面看，那人并不知道韩员外在闭目沉睡。那仆役一定是杏花提及的那件密谋中的同谋。因而，他将此事禀报了主子，那人就对杏花下了毒手。此后，凶手必须确认韩永涵未将此事泄漏给大人，所以就绑劫、威胁他。"

"洪亮，你说得对呀！"狄公说道，但很快又接着说，"不，等等！那仆役不会认错，我清楚记得杏花叫我'大人！'"

"也许，那人没有听全杏花的话，"洪亮继续分析道，"他一定只听完前面的话就匆匆离去了，因此并不知道杏花提及下棋的事。因为绑劫韩员外的人没有说到此事。"

狄公没有搭话。突然，他感到一阵紧张和不安。如果韩员外说的是实话，那么白莲会死灰复燃也就成为事实！就是胆大包天的罪犯也不敢妄用这个可怕的名字呀！这么说，杏花所要揭发的就是妄图谋反的阴谋。老天！这件案子就不是简单的凶案，而是影响整个朝野安危的谋反！狄公好不容易镇定下来，泰然自若地说道："当时我身后究竟有没有人站着，只有一个人可以告诉我们，此人就是牡丹。马荣，缉拿毛禄后，你不妨去一趟柳巷，找牡丹姑娘，算是我对你的犒赏。让她说说韩员外为何昏昏欲睡以及她又如何去取酒等等，然后，你再漫不经心地问她当时有谁站在我身后。你见机行事！"

"你放心，大人，"马荣喜不自禁地说道，"我马上就去，趁毛禄尚在被窝里做梦！"

马荣匆匆开门，差点与进门的衙门书吏撞个满怀。书吏抱了一大捆卷宗进入书斋。当书吏把卷宗放在桌案上时，洪亮及乔泰便将座椅移至桌前，两人开始整理和分拣起来，随后又与狄公一起开始浏览卷宗。之后，他们又一起料理了些衙门杂务。当狄公阅罢最后一份卷宗时，天已近中午时分。

狄公身靠椅背，歇息片刻，洪亮替他沏了杯茶。狄公说道：

"我一直想着韩永涵被劫之事。除了马荣到牡丹处探听消息外，我们还有一个方法可以证实韩永涵是否在诓骗我们。洪亮，去衙门文案馆，找一张汉源的详细地图！"

不一会儿，洪亮腋下夹着一个纸卷回到书斋。乔泰帮他把地图摊在桌案上。这是一张汉源县的详图。狄公看了一会儿，用食指一面比画，一面说道："你们来看，这里是寺庙，假设韩永涵在这里被劫。他说从这里向东。看来不错，这里是一片避暑庄园，是在山坡上，因此必须下坡，然后走向平地。如果韩永涵没有说谎，这是必经的路线。你们想，如果他们去汉源城的闹市，就必须要走一段陡峭的石阶；如果他们向西或北，则越走越高，走向深山；但是韩永涵说走了一段下坡路后就是平坦道路。这就是本地东面穿过稻田的那段路，这条路一直通到河上小桥边的军寨。这条河是汉源与邻县的界河。要是汉源城四周筑有围墙，我们只需询问东门的守门兵丁即可解开难题。从地图上看，路不算太远。韩永涵遭劫又被送回，在汉源与那座神秘屋子之间一个来回也只有几个时辰。小屋里的见面时间不会长，那么估计半个时辰的路程大约不会相差太多。乔泰，估算一下，沿这条路从汉源出发，乘轿半个时辰可以到达何处？"

乔泰弯下身子，看看地图，说道：

"夜晚，天气凉爽，轿夫步子可以加快。我估计可以到达这里，大人。”

乔泰用手指在地图的一个平原小村庄上画了一个圆圈。

“太好了！”狄公说道，“如果韩永涵说的是实情，我们定能找到这间小屋。这小屋可能是建在高坡之上，因为韩员外说上了台阶后才进的屋。”

这时，马荣推门进入书斋。见过狄公，马荣显得情绪低落。他颓然坐在椅子上，没好气地说道：

“大人，今日运气不好，诸事不顺！”

“从你脸上就看出来了！”狄公答道，“出了什么事？”

“我先去鱼市，”马荣讲述他的经历，“一路上问了上百次的路，才在臭气熏天、迷魂阵似的胡同里找到红鲤客栈。什么客栈？简直就是在墙上打了个洞。那个老家伙在角落里打着瞌睡。我给他二两纹银，并说明来意。你猜怎么着？他一点也不乐意，那老混蛋还以为我要他。我最后只得亮出身份，他还用那烂牙在纹银上咬，看是不是假的，你说气不气人！？后来，他总算接过银两，这才告诉我，毛禄正与他的姘妇在窑子里呢！我以为，这下定能逮住这小子。

“我赶到窑子。我的天！那可真是个污秽不堪的地方，是专供苦力和轿夫玩乐的。开窑子的老娼妇说，今儿一大早，毛禄、他的婊子还有他的独眼兄弟就到江北去了。头一桩差事没办成！

“接着，我去了柳巷。也怪我没长心眼！以为到柳巷总可以让我高兴点儿！嗨，倒霉！那个牡丹姑娘正发着酒疯，叫爹骂娘呢！我只得问她是否有人站在狄大人身后，是仆役还是高官，你倒是说呀！可她倒好，就是不开口！大人，我说完了！”

"我原以为，"狄公说道，"你也许能与你那相好的谈点有关杏花的事情。"

马荣责怪地看了狄公一眼。

"别提她了！"他懊丧地低声说道，"她比牡丹还醉得不省人事！"

"我说，马荣！"狄公打趣道，"天下哪有这等好事，天天让你吃好果子？来，看这儿！我们到城东去巡访一次，看能不能找到韩员外说的那幢屋子。如果找不到的话，那就证明韩永涵不老实。另外，借此机会，我们可以看看那块地方，那里可是出了名的粮仓啊！我至今尚未去过。走远一点还能看看汉源界。我们在小村子里过夜，领略一下村野情趣，也可以一扫头脑中的混沌，令我等神志清爽一些！马荣，快去备三匹好马，另外出个告示，说今日不开堂了。再说，也无事可告百姓！"

马荣与乔泰离开书斋，精神为之一振。狄公继而对洪亮说道："天气炎热，旅途劳顿，你就在衙门守候，把有关王员外和苏员外的卷宗收集整理一下。午饭后，你去拜访一下万一凡。他与月仙的案子有牵连，也与挥金如土的梁大人的生意有关。像刘飞坡这样有钱有势的人竟处处维护这么一个卑微的牵线搭桥之人，我总觉得这事有点蹊跷。对了，洪亮，特别留意查一查他女儿的事！"

狄公捋着胡须，继续说道："洪亮，我真替梁大人担心。梁奋对我言及梁大人的境遇之后，他的事总是挂在我心上。再说，我理应设法使其不倾家荡产。但在此之前，我得确认两点：其一，吞没他钱财的人不是梁奋；其二，梁大人与杏花之死有无瓜葛？"

"大人，今日午后，我是否应该去拜访梁奋？"洪亮问道，"我可以与他一起把账目核查一遍，再看看万一凡在这中间究竟耍的是什么花招。"

"这主意不错！"狄公说道。他拿出毛笔替洪亮写了一封引荐信，另外又取出衙门信笺，在上面写了几行字，并盖上衙署的官印。他说："此信是写给我的同僚——平阳县令尹大人的。我请他将范氏家族，特别是范荷依姑娘，也就是杏花的详细情况告诉我，并将回呈交信差带回。我一直纳闷，为何杏花非要将自己卖到离家乡如此遥远的汉源？也许，这起凶杀案的根源在她的老家！请将此信速交信差送出。"

狄公起身，说道："洪亮，请备好我的狩猎行装和马靴。我必须马上启程，去郊外吸吸新鲜空气，不亦快哉！"

十二

马荣与乔泰牵着三匹好马在前庭等候狄公。

狄公检查过坐骑后，三人翻身上马，衙役拉开大门，他们便骑马离了县衙。

三人一路向东出了县城，不久便来到一处山岬。放眼望去，山下一马平川，广袤无垠。

顺势下坡，快马如飞，转眼之间，三人便策马驰骋于乡间田野。狄公饶有兴味地望着路两边绿浪翻滚的稻田。

"看来年景不错呀！"他满意地说道，"秋天定能丰收！可是这里没有庄园呀！"

在一个小村里，他们收缰勒马，并在简陋的小饭庄草草吃过午饭。里正前来见过狄公。狄公问起庄园之事，里正连连摇头，

125

说道："方圆数十里，没有砖砌的庄园。本地财主都住在山里，那儿凉快。"

"我早说过韩永涵骗我们！"马荣低音咕囔道。

"也许我们的运气还在后头。"狄公说道。

三人继续策马向前。约过了一刻时，他们到了另一个山村，正要穿过一条两边挤满破败茅舍的羊肠小道时，狄公听见前方人声嘈杂。原来是乡间集市，只见一棵古树下熙熙攘攘地聚着不少农夫村民，一伙人挥舞棍棒，扯起嗓子叫骂着。狄公骑在马上，居高临下，看得清清楚楚，这伙人正对一个躺在树根边的老汉拳打脚踢。老汉已被打得浑身是血。

"住手！"狄公大声喝道，可无人理睬他。狄公义愤填膺，在马上转过身子，命令两个随从道："冲进去，收拾那帮无法无天的家伙！"

马荣跳下马，与乔泰一同冲进人群。马荣随手抓住一个家伙的衣领和裤裆，将那人举过头顶，向人群中摔去，而后拳脚相加，左右开弓。乔泰在后面压阵。不一会儿，两人便来到树下，强行将行凶之人拉开。马荣对他们大声叫道：

"快住手！你们这些粗野的泥腿子！县令大人到此，你们没长眼？"说完，遂用手指向身后。

众人回头，见狄公威风凛凛地坐在马上，即刻放下手中的棍棒。一个年纪较大的人上前在狄公的马前跪下。

"小的是本村里正。"那人毕恭毕敬地说道。

"究竟为了何事？快快禀报！"狄公厉声命令道，"即使你们所打之人是罪犯，也须送交汉源县衙。身为里正，你该明白你

里正向狄仁杰说明缘由（高罗佩　绘）

等如此行事是藐视王法，该当何罪！"

"恳请大人宽恕小的，"里正道，"我等行事鲁莽，实因忍无可忍。村里百姓日夜劳作，积攒几个铜板，勉强糊口，可这骗子却来巧取豪夺。那个后生发觉这个骗子在骰子里装铅，做手脚，骗我们的钱！请大人明察！"

"叫那后生前来！"狄公说道，接着又吩咐马荣说："将那个被打伤的人也带到这里来！"

一个身强力壮的庄稼后生和一个形容猥琐、须发凌乱的老年汉子跪在路边。

"你如何知道此人行骗？"狄公问后生。

"大人，这就是证据！"后生答道，从袖内取出两粒骰子。正当后生站起身子，要将骰子呈递给狄公时，那个受伤的汉子也起身，并飞速地夺过骰子。汉子挥舞着双手，神情激动地叫道：

"要是这骰子装了铅，天地难容，小人愿受重罚！"

汉子弯腰作揖，将骰子交给了狄公。

狄公置两粒骰子于掌心，让其来回滚动，并仔细察看，同时目光锐利地打量着眼前的汉子。但见此人瘦骨嶙峋，年约五十，须发花白，垂落额前，瘦削的长脸上皱纹密布。因前额的伤口仍在滴血，整张脸变得格外难看。他的左边面颊上有块铜钱大小的痣，痣上有三根数寸长的毛。狄公神色严峻地对后生说道：

"骰子里未曾装铅，也没有作假！"他将骰子丢给了里正。里正接过骰子与另外几个人一起细细察看，并惊讶地小声议论着。

狄公对众人正色开导道：

"你们该从中吸取教训！若有强盗、财主欺压你们，你们尽管到衙门告状，本县必会为大家做主。假如下次再敢无视国法，本县将严惩不贷。大家各自回去，好生做事，切不可沉溺赌博，劳民伤财！"

里正跪地磕头，感谢大人宽恕。

狄公命马荣将受伤汉子扶上马，坐在他身后，一行人继续向前走。

过了一村，又到一村。他们停下马，让汉子在井旁洗面刷衣。狄公唤来村里的里正，问他村内可有建于高坡上的房屋。里正回答说没有，并问狄公屋子是什么模样，屋主是谁。里正说沿路再往前走一程，也许有一栋这样的屋子。狄公忙说路远不妨。

受伤汉子向狄公致谢，并要告辞。狄公看他脚伤不能行走，又见他脸色苍白，便说道：

"我说这位老者，与我们一同前往县界吧，你得去看医生。本县不会扣押以赌博为生者，但你现在这等模样，本县不能听任不管。"

午后，他们来到两县交界的小村。狄公让马荣带那汉子去看医生，他与乔泰则骑马去巡查在桥头守护县界的军卒。

队正令十二名军卒列队。狄公见他们个个头盔铠甲光亮整洁，精神抖擞，便又查看了兵器。队正对狄公说，长江流经临近的江北县，此河便是长江的支流，但来往船只甚多，运输繁忙。队正还说，江这边平安无事，可是江北那边已发生数起抢劫案件，最近那里屯兵不少。

队正护送狄公至小客栈。店主受宠若惊，在客栈前迎客。马夫将马牵走，店主还亲自帮狄公脱去笨重的马靴。狄公换上舒适的草鞋后，便被带到楼上一间陈设简陋但整齐干净的客房。店主推开窗户，狄公向外眺望，只见残阳如血，染红了浩瀚的河水。

店小二送来油灯和洗脸的热水。狄公更衣，舒展一下筋骨，马荣和乔泰来到房内。马荣替狄公倒了一杯茶后，说道：

"大人，那个老赌棍是个古怪的人。他告诉我，他年轻时曾在一家绸缎店里当伙计，不想店主看上了他的老婆，遂起了歹心，诬陷他偷了店里的钱财。为此，官府将他痛打了一顿。最后，他设法逃了出来。之后，那店主竟乘机霸占了他的妻子并纳为妾。风头过后，他又溜回去求妻子与他一同离开。不承想他妻子反唇相讥，并要他不用再为她操心。从此以后，他便浪迹天涯。他说起话来头头是道，俨然像个举人老爷。他自称替人跑街办事，可我看他不过是个云游之人，用老百姓的话来说，就是'江湖骗子'！"

"这些人都有一肚子心酸事！"狄公说道，"今后不会再见到他了！"

这时，有人敲门。进来两个下人，拎着四只大食盒，一只食盒里装着一大盘红烧鱼，另外一只是米饭和咸蛋。提盒内附有一张大红名刺，写着队正的名字。这是队正让人送来的饭菜。另外两只食盒里有烧鸡、红烧肉、炒菜和一碗汤，这是里正和村里的长者为给狄公接风准备的。店主则送上三壶酒，以尽地主之谊。

两个下人将饭菜摆在桌上，狄公用红纸包了些赏钱给他们。然后，他对马荣和乔泰说："出门在外，不必拘礼！坐下我们一起用饭！"

马荣和乔泰推辞不过，便在狄公对面坐下。长途跋涉令他们胃口大开，三个人吃得津津有味。狄公格外高兴。看来，韩永涵所说纯属谎言。他已经断定韩永涵是凶犯，迟早会拿他问罪。他也无须再为白莲会的死灰复燃而忧心忡忡，这一切纯属虚构。

吃罢晚饭，三人品着香茗。此时，店小二送来一封信，面呈狄公。这封信书写工整，文笔高雅，说是有一个名唤陶干的人求见县令大人。

"一定是村里的老人，"狄公说道，"让他进来。"

当那赌徒的身影出现在门口时，三人都大感意外。显然，那汉子已看过医生，而且还去了小村的店铺。他额头的伤口已敷了药，样子也不怎么难看了。他身穿蓝袍，系一条黑绸腰带，头戴黑纱高帽，一副悠闲的乡绅打扮，显得踌躇满志。他向狄公深施一礼，同时文绉绉地说道：

"在下陶干，特向大人请安。纵有千言万语也难表在下……"

"罢了，罢了，老人家！"狄大人神色冷峻地说，"你不必谢我，是老天爷救了你！别以为我同情你，你挨打是罪有应得。我确信你用花招骗了那些农夫，但我决不允许辖境内有人如此无视王法，正因为如此，我才阻止他们行凶打人！"

"尽管如此，"瘦削的老人根本不理会狄公尖刻的言辞，他说道，"在下愿为大人效犬马之劳，以表示我的感激之情。如果我没有猜错，大人是在查访一桩绑劫案子。"

闻听此言，狄公不禁暗暗吃惊。

"我不明白你在说些什么，老人家！"狄公傲然地说道。

"在下走南闯北多年，"陶干不卑不亢地笑着答道，"凡事必须眼观六路，耳听八方。在下偶尔听到大人打听庄园一事，但是，也风闻大人对庄园的外观及主人不甚了了。"

陶干用食指抚弄着散在面颊边的长毛，不紧不慢地继续说道："绑劫的歹徒通常蒙住受害人的双眼，将受害人劫至偏远之处，并且威逼其写书信给家人，求家人用重金赎回。钱财得手后，歹徒不是杀了受害人，就是蒙住他的眼睛送其回至原地。因而，受害人一般对方向、房屋或屋主等等均不得而知。据在下推测，这桩见不得人的勾当的受害人一定已向大人的衙府报案，故而在下冒昧向大人进言。"

说完，老人又向狄公施礼。

狄公暗想，此人实在精明，于是道："为求明断，我暂且同意你的推测。说说你的看法吧！"

"不瞒您说，"陶干答道，"在下对此地了如指掌，这里根本没有您说的那等庄园。再者，据我所知，汉源西北方向的山里有一些这样的庄园。"

"假如受害人清楚地记得，他被绑劫的途中走的几乎是平坦之路，那又做何道理？"狄公问道。

陶干玩世不恭的脸上现出一丝诡谲的笑容。

"那样的话，大人，"他答道，"那幢房子定在城内。"

"简直荒谬！"狄公怒气冲冲地大声说道。

"大人，息怒！"老者异常平静地说，"这些歹徒只需找一间有院子的房屋，屋前有台阶，就可以干他们的勾当。他们将人关进轿子，慢慢地在院子里兜一个时辰。这些歹徒还会装腔作势，他们上下台阶，但装出一副上下山坡的样子，嘴里还会念叨着'当心山沟！'诸如此类的词儿。大人，这些骗子精于此道，装得很像，让你深信不疑。"

狄公一边思索着看了看陶干，一边慢慢捋着胡须。过了一会儿，他说道：

"有意思！有意思！我得记住这些花招，将来会有用处。陶干，告辞之前，我对你进一言如何？老兄，别再这样下去了！你精明能干，应该找个正经营生，吃穿是不愁的！"狄公说完，刚要打发陶干离开，又突然问道，"我忘了问你，你是如何蒙骗那些农夫的？我只是随便问问，不会缉拿你。"

陶干淡淡一笑。他叫来店小二，对他说道："下楼去将狄大人右脚的马靴取来！"

店小二取了马靴回到屋内，陶干麻利地从靴子绲边的褶皱处取出两粒骰子，交给了狄公，说道：

"我从那后生手里夺过那两粒骰子，便偷偷将它们换下，把早已藏在我手掌中的两粒骰子交给大人查验。当众人专心致志地注意大人的时候，我又乘机将两粒作假的骰子放进了大人的靴子。当然，权宜之计而已。"

狄公闻之，不禁大声笑了起来。

"不是自夸，"陶干神色严肃地继续说道，"我敢说，我对三教九流的诈术伎俩可谓无所不精，当今恐难有人能企及。我能伪造文书、官印，帮人起草暧昧不清的契约条款，我对各类铜锁能开启自如，至于地道、暗门也略知一二。还有，我能观唇辨意，光看口形便能知道他们在说什么，我还……"

"等等，陶干！"狄公急忙打断他的话，"你说了那么多本事，最后提到的观唇辨意，可是当真？"

"大人，绝无谎言！还有一点，观察女子与孩童的口唇，辨意更加容易，但观察满脸胡须的老人的口唇就较难辨别。"

狄公没有再说什么。如此说来，杏花对我所言，除了韩永涵，宴厅中的其他人均可能知晓。狄公抬起头，陶干低声说道："我对你的随从说起过我的不幸遭遇。自那以后，我对周围的人均不再相信。三十余载，四处漂泊，以行骗、欺诈为乐。可是我对天发誓，我从未给别人造成严重的人身伤害，也未曾给他人带来钱财上的惨重损失。今日，大人仁慈为怀，使我幡然醒悟。我决意洗心革面，弃恶从善。我那一点雕虫小技，也许对勘查案情或惩治歹徒有所用处。我恳请大人，容我在衙门当差。我无家眷之累，他们均早已随我前妻一道同我一刀两断，而且我手头也有足够的积攒。我别无他求，只愿聆听大人教诲，万望大人赐我重新做人的机会。"

狄公目不转睛地看着面前这个古怪的汉子，那玩世不恭的眼神中尚留存着几分真性情。再说，陶干已经为狄公提供了两条重要的线索。陶干的绝技，是狄公其他随从所不会的，只要管教得当，他的确能够成为狄公的得力助手。狄公终于说道：

"陶干，此刻我不能立即给你答复。我深信你的一番话出于肺腑，我先让你在衙门内当差十天或半月，再决定你的去留。"

陶干跪地叩首，千恩万谢。

"我的这两名随从，"狄大人说道，"会在办案中帮衬你，也会在衙门的差事上为你指点一二。"

陶干向马荣、乔泰施礼。乔泰上下打量这位干瘦的老年汉子，态度不冷不热。马荣则拍拍汉子瘦削的肩膀，高声地说道：

"快跟我下楼，老兄！教教我你那两手绝活儿！"

乔泰吹熄了几盏油灯，留下一盏仍然点着。他向狄公道过晚安，跟两人一同下楼去了。

他们走后，狄公仍然端坐桌边。他一直凝望着灯光旁嗡嗡乱舞的飞蛾，陷入沉思。

陶干的话已经证实，韩永涵被劫确非戏言。尽管狄公至今尚不能找到那间房屋，然而他必须重新审度案情。看来，白莲会极有可能正在重新网罗余孽，密谋叛乱。汉源，这个与外界隔绝的小城，邻近京城，便成为战略要地，更成为策动推翻朝廷的理想据点。初到汉源，难怪狄公便感到城内隐约弥漫着一股令人压抑的邪恶气氛。

狄公思索着，花船宴厅内的宾客都可能观察到杏花的口唇，从而得知她的告密。那么，他们也可能是白莲会的成员，奉命杀死杏花。韩永涵既可能是无辜的，也可能是此案的要犯！刘飞坡也不例外！他的巨额钱财，频繁外出经商，以及他对朝廷的积怨，这一切似乎都是他的可疑之处。天哪！花船上的宾客也可能沆瀣一气地对付一个可怜的舞姬！想到此，狄公心潮难平！他重重地摇摇头。白莲会的威胁正在逼近，令他思绪纷乱如麻。看来，他必须重新审视收集到的证据，一切从头开始。蜡烛将尽，噼啪作响。狄公叹了口气，从桌旁站起，宽衣卸帽，向榻边走去，准备就寝。

十三

次日清晨，天色微明，狄公与三位随从离开边界小村。兼程赶路，中午时分，四人已返回汉源县城。

狄公直奔私宅，沐浴之后，穿上了轻薄的蓝布夏衫。稍后，他来到书斋，将陶干引见给洪亮。马荣和乔泰两人也随后赶到，一起在狄公的桌案前坐下。狄公见陶干谦谦有礼，虽说是初来乍到，但并不卑躬逢迎。看来，此人已适应新的环境。

狄公告诉洪亮，他们没找到所谓的庄园，并说陶干的一番剖析使他对案情有了新的想法。说完，他让洪亮禀陈查访的结果。

洪亮从袖内取出一张纸片，边看边道：

"我等在衙门的卷宗里只找出关于王员外的一些记载，如子女及税赋等等。录事对王员外知之甚多。他说王员外富甲一方，在城里有两家大的金银首饰铺。众所周知，王员外好酒色。不过，众人都认为他是个正经的生意人，很有信誉。然而，王员外近来好像现钱周转不灵，不得已拖欠了好几个供给他金货的客商的款项。可是，这些客商毫不担忧。他们认为，王员外很快就能将欠款付清。

"苏员外的口碑甚好。但人们对他迷恋杏花而不得深感不平。苏员外对此万分沮丧。这次杏花遇害，大家还说，这对苏员外倒是件好事，希望苏员外能尽快摆脱痛苦，找一个良家女子完婚成家。"

洪亮看了看纸片，继续说道："后来，我来到万一凡居住的街巷附近。此人口碑不佳，大家觉得，他在买卖上手段卑劣，常常将对方的价压得很低。他替刘飞坡跑跑腿，办办杂事，有时也替他催讨小笔欠款。我没有在酒肆茶楼里与人谈论万一凡的女儿，怕累及她的名声。后来，我在街角遇上一个卖胭脂花粉、木梳篦子的老妇，便与她搭上了话。这些妇人经常去小姐的闺房，对小姐太太的事略知一二，因此我便向她打听万一凡的女儿。"

洪亮不自在地看了看狄公，迟疑地说道：

"老妇说：'这位老爷，你这把年纪了，还这么不安分哪？告诉你吧！陪你玩玩，她要两吊铜钱，陪你过夜要四吊。听说老爷、少爷们都玩得很尽兴。'我连忙解释说我只是替城西的一家杂货店老板说媒，那儿有人提起过万小姐。'城西的人哪里知道这些！'老妇不屑地说道，'这儿的人都说，自从万小姐的娘去世后，她便自由自在的。她爹曾想把她卖给一个举人做妾，可举人没有上当！眼下，万小姐自谋生路，她爹也听之任之。她爹是出了名的吝啬鬼，只要不花他的钱，他求之不得呢！'"

"如此说来，这个无赖在公堂上欺骗了本县！"狄公大怒，"瞧我怎么收拾这个卑鄙小人！好吧，洪亮，说说梁大人府上的情形。"

"梁奋是个聪明好学的后生，"洪亮答道，"我与他一道核对账目，整整算了一个多时辰！从账目上看，梁大人低价卖掉田地房屋，损失惨重，而他这样做只是为了弄到大量的金子。可是，谁也不明白他要这么多金子做何用？可以想见，梁奋对此是多么忧心。"

陶干一直仔细地听着，这时忍不住说道："大人，都说账上的数字骗不了人，可是并不能说明事情的真相，账还是得靠人去记、去算的！也许，梁大人的侄儿在账上做了手脚，从而掩盖其不可告人的目的。"

"我也这么想过，"狄公说道，"这真是一个难解之谜！"

"今日回城途中，"陶干接着说道，"马荣与我谈起刘飞坡与蒋举人家的这宗案子。我想问大人，寺庙里，除了看庙人之外，有没有其他的和尚？"

狄公不解地看了看马荣，马荣立即答道：

"绝对没有！我搜遍了整个寺庙，连花园里都去了！"

"这倒怪了。"陶干说道，"有一次我在城内，恰巧路过这寺庙，见到一个和尚站在山门的大柱后，伸长脖子往寺庙内张望。我也是生性好奇之人，于是走上前去。那和尚吃了一惊，看我一眼后便赶紧离去。"

"那和尚是不是面色苍白，形容憔悴？"狄公急切地问道。

"不，大人，"陶干答道，"这人体壮如牛，神情傲慢。而且，看上去不像是个真和尚！"

"那不可能是洞房窗外的那个人，"狄公说道，"陶干，给你一件差事。木匠毛源那天离开蒋府时，刚刚领了工钱，而他又好饮酒赌钱，可能就是因为身上有钱才会被人杀害的。我们在他尸体上没有找到分文。我怀疑蒋举人与此案有牵连，但必须查清相关的细节。现在，我想让你去城内的各处赌窟查访一下，打听一下毛源的底细。我知道你熟悉这种地方。马荣，你再跑一趟红鲤客栈，问问乞丐帮主，毛禄去了江北的什么地方。那天在小面馆，那老头提起过一个地名，可我忘了。洪亮，今日正午开堂，审理哪一宗案件？"

洪亮和乔泰将卷宗摊开放在桌案上，清理着。马荣和陶干一起走出了书斋。

在庭院里，陶干对马荣说道：

"今日便能当差办事，真是荣幸！你知道，三教九流耳目混杂，消息不胫而走，我在衙门当差，这事很快会传出去的。马荣，红鲤客栈在什么地方？我自以为对汉源了如指掌，可从未见过这个客栈。"

"什么都瞒不过你，陶干。"马荣答道，"这个红鲤客栈是个污秽不堪的场所，就在鱼市的后面。好，回头见！"

陶干向闹市走去。到了城西，穿过拥挤不堪的狭窄小巷，陶干在一家卖咸菜、酱瓜的小店铺前停住了脚步。他小心翼翼地绕过大大小小的腌制酱菜的缸瓮，对店主咕哝了一声，算是打过招呼，然后便径自朝屋后的扶梯走去。

楼上一片漆黑。陶干沿着满是蜘蛛网的灰泥墙摸索前行，总算找到了门。推开门，他站在那里细细打量着昏暗低矮的房间。房里有两个人，正围在桌边。桌子中间有一凹坑，供掷骰子之用。其中一个胖汉，脑袋剃得光光，下巴赘肉可见，面部毫无表情，他是赌窟老板；另一个瘦子则斜眼歪目。患有此种残障的人在赌窟里倒颇为抢手。赌场主雇用他们在赌场上巡视观察，十分管用，因为想要做手脚的人不能确定他的眼睛是否在注意着自己，故而诚惶诚恐，不敢妄动。

"是陶兄吧，"胖子看上去很冷淡地说道，"别站在那儿，进来呀！开局还早，马上就有人来了。"

"不，不进去了，"陶干说道，"我忙着呢！我想看看木匠毛源是否在此？他欠了我的钱，想向他要。"

两人一听大笑起来。

"老兄，这钱你恐怕要不到了！"胖老板窃笑道，"你得多走点儿路，到阎王爷那儿去要啰！你难道不知道毛源死了？"

陶干咒骂不止，便在一把摇摇晃晃的竹椅上坐了下来。

"真是该我倒霉！"陶干恨恨地说道，"我眼下正缺钱花。这小子怎么啦？"

"这事全城闹得沸沸扬扬的，"斜眼瘦子说道，"毛源在寺庙里被人杀了，头上让人捅了一个大洞，听说那洞大得可以放进一个拳头！"

"是谁干的？"陶干问道，"我倒想找他，说不定可以敲他一笔竹杠，捞他一把。碰碰运气也好！"

胖子用手肘推了推瘦子，两人又笑了起来。

141

“什么事这么好笑？”陶干不悦地问道。

“老兄，可笑的是，”胖老板解释道，“杀死毛源的凶手可能是毛禄。你到三树岛去找他，去敲诈他吧！”

斜眼瘦子又笑了起来。

“掌柜的，这回你有好戏看了！”说完，瘦子捧腹不止。

“别胡说八道，”陶干提高了嗓门说道，“毛禄是毛源的嫡亲堂弟！”

胖子在地上吐了口痰。

“听着，陶兄，”胖子说道，“仔细听着，让我说给你听！三天前，过了晌午，毛源到我这里。他刚刚干完活，领了工钱，见这里人多，想试试手气。这小子运气好，赢了钱。这时他的堂弟来了。近来毛源对这个堂弟很是疏远，可那天，也许是多喝了几口，也许是赢了钱，毛源对毛禄特别近乎。两人在一起喝了四大碗好酒，毛禄还拉着堂兄上外面吃了一顿。后来，我们再也没有见过他们俩。实话实说，我可没说毛禄一句坏话！”

陶干会意地点点头。

“怪我运气不好，”陶干懊丧地说道，“好吧，我该走了！”

他刚要起身，门开了，过来一个长得很壮实、穿着破袈裟的和尚，陶干又坐了下来。

“哈，和尚来了！”胖老板喊道。

那个身着袈裟的人嘴里嘟囔了一句便坐了下来。老板把茶盏推给他，他吐了一口痰在地上。

“除了这玩意儿，你不能拿点像样的东西出来？”那人没好气地问道。

胖老板举起右手，将大拇指和食指搭成一个圆圈。

和尚摇摇头。

"事情还没个头绪，"和尚厌恶地说道，"你等着瞧，我非把那个小白脸儿剁成肉酱不可！那时，老子就有大把银钱了！"

老板耸了耸肩，不以为然地说道：

"那样，和尚你就将就着喝茶吧！"

"我在哪儿见过你，"陶干插话说道，"好像在寺庙前吧？"

和尚狐疑地看着他。

"这个人是谁？"他问老板。

"呵，这是陶兄，"老板答道，"是个好人，就是运气不太好。你去庙里干吗？你真想出家当和尚？"

斜眼瘦子又大声笑了起来。和尚对他吼道："你傻笑什么？"老板不高兴地看了他一眼，他才稍稍放低嗓门继续说道："看我这臭脾气，其实我才不在乎别人知道这事呢！前日，我见到毛禄，他在……我说哪儿去了？对了！我在鱼市后面见到了毛禄。他的钱袋鼓鼓的，我便好意问他：'哪儿发的财呀？老兄？'他对我说：'那儿的钱多的是，你只要去庙里看看就知道了！'所以我就去了。"

和尚将茶一饮而尽。他扮了个鬼脸，继续说下去：

"你猜我在庙里看到了什么？一个比我还要穷的老头儿，还有一口棺材！"

老板不禁笑出声来。和尚气得眼睛里直冒火，但不敢发作。

"算了，算了！"老板说道，"你不如跟陶兄一道去趟三树岛，他正想找毛禄呢！"

"那么说，他也耍了你，嗯？"和尚问道，心情稍稍好了一些。

陶干低声说一声："是的。"而后又淡漠地说道，"我倒想敲诈你刚刚提到的那个小白脸。他恐怕比毛禄要好对付！"

"你真这样想，老兄？"和尚厌恶地说道，"我是在半夜遇到那小子的，他拼命地跑，好像阎王爷在后面追他一样。我一把抓住他的脖子，问他往那儿跑。他对我说：'放开我！'我看他是个有钱的少爷，从小娇生惯养，又胆小怕事的样子。我暗想，这小子一定做了什么错事，于是就把他扛上肩，把他背到了我的住处。"

和尚清了清嗓子，往屋角吐了口痰，抓了把茶壶在手里。他想了一下又说："不料这小子闭口不说一个字！我磨破嘴皮子也无济于事。我这到手的能弄到钱的好事，可他就是不开口！"和尚说完，恶狠狠地笑了笑。

陶干站起身。

"唉！"陶干叹了口气，说道："和尚，只怪我们自己背运，不怪别人！我要是像你这么壮实，今晚也许能弄到三十两银子。好吧，回见！"

陶干转身欲走。

"嗨！老兄！"和尚嚷了起来，"急什么呀？你刚才说什么三十两银子？"

"这不关你的事！"陶干抢白了一句，伸手推开了门。

和尚从座位上跳起来，抓住陶干衣领，把他拽了回来。

"快放手，和尚！"老板厉声喝道，接着又对陶干说："陶兄，何必这样呢？你自己干不了，何不让和尚捞点外快？"

"我何尝不想呢？"陶干没好气地说道，"可我到这里不久，人生地不熟的。那帮家伙究竟在何处，我实在不知道。只听他们说需要一个身强力壮、能够挥拳要腿的人，别的我没有多问。"

"笨蛋！"和尚叫道，"你想想，三十两银子呀！你真没用！"

陶干紧蹙眉头，耸耸肩，说道，"没辙！我只记得他们说什么鲤鱼来着。"

"那是红鲤客栈！"老板与和尚几乎同时叫了起来。

"还是你们行！"陶干说道，"可我还是不知道这个客栈在哪里。"

和尚起身，拉着陶干胳膊，说道："老兄！走！我知道那地方！"

陶干挣脱了和尚的手，举起手臂，将掌心向上。

"要是得手，分你我那份儿的半成！"和尚笑着说道。

陶干不理他，自顾自朝门口走去。

"一成半，要不，没门儿！"陶干回过身来说道。

"我看这样，三七开。七成归你，我做担保，拿三成！"老板插话道，"就这么定了！陶兄，你带和尚去，与那帮人说，老板替和尚担保，干这种事，和尚错不了！你们走吧！"

陶干与和尚一起离开了赌窟。

他们二人来到鱼市东面的穷街陋巷，和尚将陶干带到了一条狭窄且臭气熏天的小街。他指了指颓败木屋的小门，对陶干耳语道："你先进去。"

陶干推开小门，见到马荣还在那儿，不禁松了口气。马荣正与乞丐头儿坐在屋角。几乎没有什么陈设的屋子里，只有他们两人。

"这位兄弟，我这厢有礼了！"陶干亲热地对马荣说道，"我给你找了一条好汉，你主子一定满意！"

和尚巴结地笑着对马荣拱手施礼。

马荣起身向和尚走去，上下打量一会后，问道：

"我主子要这么一个难看的下三滥何用？"

"他对庙里的凶案知之甚多！"陶干急忙说道。

说时迟，那时快，没等和尚后退，马荣上前照和尚的胸口就是一拳，直打得和尚一个跟跄摔在小桌上。

和尚也非等闲之辈。他就势倒在桌上，以迅雷不及掩耳之势，拔出小刀，向马荣的喉头掷去。马荣头一偏，小刀啪的一声刺中门框。马荣抓起桌子砸向和尚的头部，和尚倒地，动弹不得。

马荣将随身带来的铁链缠住和尚的腰，把和尚翻过身来，脸朝地面，牢牢捆住了他的双手。陶干情绪激昂地说道：

"毛源和毛禄与这和尚相熟。还有，这和尚还绑劫无辜。"

马荣咧嘴笑着，赞许地说道：

"干得不错！你是怎么将和尚弄到这里来的？我还以为你找不到这家客栈呢。"

"嗨，"陶干轻描淡写地说道，"我跟他开了个玩笑，他就乖乖地带我来了。"马荣侧过脸看着陶干。

"你看上去心慈手软，"马荣略有所思地说道，"可我觉得你颇有心计，跟这些家伙一样阴险。"

陶干毫不理会马荣，继续说道："和尚最近绑劫了一名富家后生。这和尚会不会与韩永涵被劫一案有瓜葛？让这家伙带我们到他的窝里去，可能会弄到些重要线索！"

马荣点点头，把昏迷不醒的和尚从地上拖起来，然后将他扔在一把靠墙的椅子上，又令乞丐头儿去拿几炷香来。老头儿急忙到里屋取来了两炷香。顿时，屋里充斥着刺鼻的气味。

马荣将和尚的头抬起来，把香凑近他的鼻子。不一会儿，和尚便咳嗽起来，并连连打着喷嚏。和尚用布满血丝的眼睛看着马荣。

"喂，我说，"马荣对和尚说道，"我们想见识见识你的窝。快说！怎么走？"

"让头儿知道了，会有麻烦的，"和尚口齿不清地说道，"他会宰了你！"

"这不用你操心，"马荣满不在乎地答道，"快！告诉我！"

马荣将香炷靠近和尚的脸颊。和尚紧张地望着缕缕青烟，连忙叽里咕噜地说了一阵。马荣听明白了，到那儿去，得走庙后面的一条小路。

"行了！"马荣不让他再往下说，"到了小路，你带我们走就成！"

马荣叫老头拿来一条旧薄被，并命他找来一张舁床和两个脚夫。

马荣与陶干用被子将和尚裹住。和尚不依，说天气炎热。陶干猛踢和尚，说道："狗东西，你在发热，知道吗？"

和尚被抬上舁床，一行人准备出发。

"走吧！"马荣对脚夫下令，"脚下留点神，这位老兄病得不轻！"

当他们来到庙后面的松树林时，马荣让脚夫把舁床放下并付了钱。等脚夫走远之后，马荣赶紧拿掉和尚身上的破旧薄被，而陶干则从袖中取出一张膏药将和尚的嘴封住。

"我们快要到你窝的时候，你得马上指给我们看！"陶干喝令和尚。和尚步履艰难地走着。陶干又接着对马荣说道："这帮家伙能吹出各种哨声作为暗号，还会运用手势。"马荣会意地点着头，一边猛然给和尚一脚，让他走快点。

和尚带他们沿着小路往山上走了一程，后来便拐进了茂密的林中。过了一会儿，和尚停下脚步，对前面隐现在树丛中的悬崖点了点头。陶干揭去了和尚嘴上的药膏，凶狠地说道：

"我们上这儿来不是游山玩水的！我们要看你的窝！"

"我没有窝！"和尚沉着脸说道，"我住在那边的一个山洞里。"

"山洞？"马荣怒吼起来，"你以为你能骗过我们？快带我们到你们的黑窝去，不然要你的狗命！"说着，卡住了和尚的喉咙。

"我发誓！"和尚喘着粗气说道，"我不是什么绑匪，我只和赌徒为伍！自我来到这个该死的地方，我就一直一个人住在那个洞里！"

马荣松了手。他拿出那把和尚刺向他的小刀，给陶干使了个眼色，问道："是不是要给他点厉害瞧瞧？"

陶干不置可否地耸耸肩，说道："还是先看看山洞再说吧。"

和尚领着二人来到悬崖，两腿不住发抖。他用脚拨开草丛，只见前面有一道黑黢黢的山缝，约有一人高。

陶干弯下身子，爬了进去，牙齿间咬着一把明晃晃的利刃。

过了一会，陶干又出来了，这次是直着身子走出来的。

"洞里只有一个哭哭啼啼的后生！"陶干失望地对马荣说道。

马荣跟着陶干进了山洞，手里硬拖着和尚。

在黑咕隆咚的地道里走了约莫十来步之后，便是一个较大的山洞，山洞顶上有一条裂缝，外面的光线透过裂缝射进来，使幽暗的山洞明亮了许多。山洞的右边有一张用木头拼搭起来的床，一只破旧不堪的箱子。山洞另一头的地上躺着一个后生，手脚皆用绳子捆绑着，身上只有一块遮羞布。

"放开我！求求你！放开我！"后生呻吟着。

陶干用刀割断了绳子，后生艰难地坐了起来。后生的背被打得青一片、紫一片。

"谁将你打成这样？"马荣怒气冲冲地问道。

后生没有出声，用手指了指和尚。马荣转身，和尚一见，扑通一声跪倒在地。

"大爷，不是我！"他叫道，"这小子撒谎！"

马荣用轻蔑的眼光看了看和尚，冷冷地说道：

"等会儿让衙役来收拾你，他们知道该如何发落犯人！"

陶干把后生扶到床边坐下。后生年方二十，头发被剃得精光，脸因痛苦而扭曲变形，但不难看出他出身殷实人家，读过诗书。

"你姓甚名谁，怎么落到这步田地？"陶干关切地问道。

"是他将我绑劫至此！求求你们快把我救出去！"

"不但要救你出去，"马荣说道，"还要带你去见县令大人！"

"我不去见县令大人，"后生叫道，"放我走吧！"他挣扎着要站起来。

"我说，老弟，"马荣慢悠悠地说道，"事到如今，还是到衙门走一趟吧！"说完，对和尚喝道："听着！你既然不是绑匪一伙的，我也管不了那么多了。这一趟就委屈你了，走吧！"

马荣不管后生如何求饶，将他从床上拖起，就势把他架到和尚的脖子上，同时抓起破被子往后生肩上一搭。马荣从角落拾起血迹斑斑的柳枝，拼命抽打和尚的两条腿，赶他上路。

# 十四
▼

道原委秀才伤心事
露端倪凶犯狠勾当

　　晌午时分，狄公在衙门升堂问案，公堂里挤得水泄不通。汉源百姓纳闷，马上便是午饭时刻，此时升堂，非同寻常，定是闹得沸沸扬扬的两宗人命案子有了眉目。

　　结果令百姓们大失所望。狄公开案所审的是一桩买卖纠纷。原来，狄公与洪亮、乔泰上午一直在商议渔民和鱼市因鱼价而发生的纠葛。狄公命双方选派数人禀陈各自的理由，几经商议，终于达成和解。

　　狄公正欲当堂提出课税问题，只听衙门外传来一片嘈杂声。马荣和陶干各带一名犯人进得大堂，身后跟着一大群看热闹的百姓。他们七嘴八舌，议论纷纷，衙门大乱。

　　狄公三拍惊堂木。

"肃静！"他大喝一声，声如雷鸣，"如若有人再敢喧哗，本县将立即赶他出堂！"

　　大堂内顿时鸦雀无声，两名人犯跪于桌案前待审。他们截然不同的长相与仪态，令众百姓踮足观看。

　　县令大人望着两人，不露声色，但内心却极不平静，因为他一眼就认出了那跪于堂前的后生。

　　马荣向狄公禀报了他与陶干二人缉拿两名犯人的经过。狄公捋着胡须，仔细地听着。然后，他便向后生发问：

　　"报上你的姓名，做何营生！"

　　"大人容禀，"后生轻声答道，"晚生蒋虎彪，乃一秀才。"

　　大堂上发出一片惊讶的低语声。县令大人怒视四周，再一次拍打惊堂木，大声说道："不许喧哗！"接着向后生说："本县获悉，蒋秀才已在四天前溺水身亡！"

　　"大人，"后生声音颤抖，说道，"晚生愚钝无知，干下了错事，以致混淆视听。晚生内心之不安，实难以言表。晚生深知，由于鲁莽行事，铸成大错，理当遭谴。晚生只求大人，念及当时情况之特殊，对我从轻发落，晚生将不胜感激。"

　　后生稍作停顿，此时堂上一片寂静。后生继续说道：

　　"世上恐怕再没有第二人像我这样，洞房花烛之夜，从大喜到大悲，以至万念俱灰。那夜，我与心爱之人云雨交欢，不料，瞬息之间，爱妻便气绝身亡。"

　　后生好不容易吸了口气，接着说：

　　"我意乱情迷，呆呆望着爱妻一动不动地躺在那里，内心既悲痛又恐惧。过了一会，极度的惊恐使我不知所措。作为蒋家独子，我感到无颜去见对我钟爱有加的老父。他寄厚望于我，指望我能为蒋家传宗接代，可我却在新婚之夜，就令他的希望成为泡影。看来，我只有了此一生，以求解脱。

　　"我急急忙忙披上衣服，想开门出去。但又想到婚庆宴席尚在举行，到处是人，我出去，定会被人发觉。情急之下，突然想起来给我家修理屋子的木匠说过，新房的房顶有几片瓦片是活动的，他说：'挪开这些瓦片，可以藏匿值钱的东西！'于是，我站在凳上，翻身上梁后，进了屋顶阁楼。我挪开瓦片后便爬出了屋顶，出了宅院，来到街巷。

　　"时值深夜，四周无人，我便偷偷来到了湖边。我站在湖边的一块石头上，解开了绸腰带。因我担心长衫使我无法尽快下沉，而增加我的痛苦，便想要脱去长衫。当我正要脱去长衫时，凝望着阴森的湖水，一向怯懦的我变得愈加胆寒。我的脑海中浮现起传闻中令人恐怖的水怪，眼前也似乎有影影绰绰的东西在游动，它们狰狞的目光正盯视着我。尽管天气闷热，我却浑身发抖，牙齿打战。我打消了死的念头。

　　"由于我的腰带已经落水，所以只得裹紧长衫，离开湖边。我混混沌沌，身不由己地走着，不知不觉便来到庙的山门口。这个恶棍突然从黑暗中窜出来，抓住了我的肩膀，我以为他是强盗，便尽力挣脱。可是他猛击我的头，当时我便不省人事，等我苏醒过来，发现躺在一个可怕的山洞里。第二日清晨，这个恶棍立即问我的姓名，家住何处，还问我犯了什么法。我明白他企图讹诈我以及我那可怜的老父亲，因此就没有开口。他狞笑着说，他将我带到山洞是我的造化，官兵和差役便找不着我，还强行给我剃了头，说这样我便可冒充他的弟子，不会被人识破。他令我拾柴火，做饭，说完就走了。

"我想了整整一天，不知如何是好。一会儿打算远走他乡，一会儿又想回家去见父亲。夜晚，恶棍醉醺醺地回到山洞。他继续盘问我，见我死不开口，便将我捆绑起来，并用柳枝狠命地抽打，而后便让我躺在地上。这一夜真难熬，我觉得比死都要难受。第二日早晨，恶棍和尚解开我的绳子，给我喝点水。我稍稍觉得好过点，他又令我拾柴火。我暗下决心，要离开这个心狠手辣的和尚。

"我拾了两捆柴火后，逃到了城内。一路上无人认出我，因我衣衫褴褛，又剃了个光头。我腰酸背疼，筋疲力尽，但一想到要见父亲，便感力气倍增；就这样，支撑着走到了家门附近。"

蒋秀才停了下来，擦拭脸上的汗珠。狄公示意衙役给后生喝了杯凉茶。喝完凉茶，蒋秀才接着说道：

"当我看到我家大门有衙役把守时，我的惧怕可想而知！我感到来迟了一步，我那可怜的父亲大人因不堪我给家门带来的羞辱而走了绝路。为了探听虚实，我从花园的小门溜进府内，将两捆柴火留在街上。我从新房的窗口向内张望，只看见一个可怕的幽灵！阎王爷正怒目看着我！阴曹地府的鬼怪要捉拿我这个弑父的罪人！我完全丧失了理智，于是跑回到人迹稀少的街巷，后来又逃进了树林，在树丛中站了许久，最后才回到山洞。

"和尚正在山洞里等我。一见到我，他便火冒三丈地扒掉我身上的衣衫，往死里打，嘴里还大声叫嚷，非要我认罪。我不堪折磨终又昏死过去。

"那一晚犹如噩梦。我发高烧，昏迷不醒。和尚把我叫醒，给点水喝，又毒打一顿。我手脚一直被捆绑着，除了身体的摧残，我热得发烫的头脑也被可怕的念头折磨着。我杀死了两个人，我的两个至爱，我的父亲和我的妻子……"

后生的声音越来越低。他摇晃了几下，终因极度疲惫而昏倒在地。

狄公命洪亮将后生带到书斋。他对洪亮说："让医生赶快抢救并医治他的伤口。给他服点安神药剂，再换上像样点的衣帽。后生苏醒之后，立即禀报于我。送他回家之前，我还须问他一个问题。"

之后，狄公俯身向前，神色冷峻地问和尚："你有何言禀告？"

和尚多年在江湖上闯荡，虽然久经沧桑，但每次总能化险为夷，躲过劫难，因而还不曾领教过衙门严厉的法度及残酷的审讯。适才蒋秀才在向狄公禀陈时，和尚便在一旁低声嘟囔、咒骂，却都被衙役凶狠的脚踢所制止。现在狄公发问，他依然粗野无礼。他说道："我……刚才那小子胡说，我……"

狄公对衙役使了个眼色。衙役用皮鞭的抓柄猛打和尚的脸，并对他喝道："对大人禀告，休得无礼！"

和尚气得脸色发青，起身欲对衙役还手，但站立两旁的衙役早已有所防备，此刻同时举棒将和尚按住。

"你等教训教训此人，待他循规蹈矩后，我再问案！"狄公对衙役吩咐道，说完便自顾埋头细阅案卷。衙役应声说"是"。

过了一阵，听得往石板地上泼水的声音，原来衙役正提着水桶往和尚身上猛浇冷水，让他从昏厥中醒来。不一会儿，衙役对县令大人禀报说，可以开审问案了。

　　狄公向下望去，和尚的头多处流血，左眼紧闭，不能睁开，右眼迷惘地望着狄公。

　　"本县得知，"狄公说道，"你与众多赌客谈起，你和一个名叫毛禄的人过往甚密。还不快快从实招来！"

　　和尚往地上吐了一口血水后，口齿不清地说道：

　　"那天，刚到子时，我去城内闲逛。快要走到庙后的小路上时，我见有人在一棵树下挖洞。当时，月色正浓，我看清此人正是毛禄。他慌慌张张的用一把斧头挖洞，我料想他一定在干见不得人的事。可是他手中拿着斧头，我不敢贸然行事，所以便没有上前。

　　"他挖好了洞，把斧头及一只木盒放了进去。当他用手往上盖土时，我上前半开玩笑地说道：'毛兄，要我帮忙吗！'他说道：'原来是和尚，这么晚还出来溜达？'我又说道：'你埋什么？'他答道：'没什么，是几件没用的旧工具。你去庙里看看，那儿有好东西！'他抖抖衣袖，我听到铜钱的响声，便对他说："弄几个钱给穷哥儿花花，怎么样？'他上下打量着我，说道：'和尚，今晚算你走运！那伙人眼红我得了手，正在追我呢。不过，他们远在树林里晕头转向！此刻只有一人在庙里，你赶紧去，在他们赶来之前还能捞点什么。我只拿了这些！'说完他就走了。"

　　和尚舔了舔红肿的嘴唇，狄公示意衙役给他一杯凉茶。和尚一饮而尽，向地上吐了一口，又接着说道：

"我先把洞挖开，看看洞内究竟藏的是什么。这一回，那小子倒没骗我，里面只有一只木匠用的工具盒。于是，我走到庙内，只见一个老头在小屋内鼾声大作，空荡荡的庙堂只有一口棺材。我早该料到这一着，这小子编了个谎是想开溜。大人，小的只有这些可禀。要是大人想知详情，把那该死的毛禄抓来提审便是！"

狄公捋着胡须，突然，他问和尚：

"你绑劫和毒打无辜后生，可有此事？"

"小的这样做，不是帮大人缉拿归案吗？"和尚瓮声瓮气地说道："再说，我总不能白养着他呀。他不肯干活，我自然要教训教训他。"

"简直强词夺理！"狄公怒斥道，"你强行将后生劫到山洞，并用柳枝抽打。你是招，还是不招？"

和尚侧脸看看手里拿着皮鞭的衙役，无奈地低声说道："我招！我招！"

狄公让书吏宣读和尚的供词。其中关于蒋秀才的一段文字已稍做改动，但和尚认定无误，便在供词上按了手印。狄公说道：

"你犯有数条罪状，本县即可对你严惩。然而，本县决定核实完你与毛禄的事后再行判决。现将你监禁牢房，你须细想所招供词，若有不实，届时可是咎由自取！"

和尚遂被带下堂去。洪亮前来禀报，说蒋秀才已经苏醒，两名衙役便将他带上堂来。蒋秀才此时已换上了干净的蓝布长衫，头戴玄色弁帽，面容虽是苍白，可仍不失英俊。

蒋秀才仔细听书吏宣读他的供词后，在上面按下手印。狄公神情严肃地看着他说道：

"蒋秀才，适才你已招认，因你鲁莽行事，业已严重阻碍本县查访案情。本县念你遭受诸多劫难和折磨，故而不再追究。现在，本县特告知你一件喜讯：你父仍然健在，他对你非但没有责备，反而为你溺水身亡而深感痛惜和震惊。你父涉嫌洞房血案被人控告，故而你家门前有衙门差役把守。你在新房窗口所见的'阎王'乃是本县。当时你神思恍惚，我的样子一定吓人吧！

"本县还有一事必须如实相告：新娘的尸体不知去向。本县正竭尽全力寻找，以便早日落葬。"

蒋秀才双手掩面而泣。稍待片刻，狄公继续说道：

"本县在放你回家之前还要问你一句，除了你父亲之外，是否还有人知道'竹林逸士'这个别号？"

蒋秀才有气无力地答道：

"大人，除了父亲之外，只有我妻知道。自从与妻相识以后，我才用此名字，作为我赠诗上的落款。"

狄公将身子靠在椅背上，然后说道：

"好吧！本县今日提审到此结束。和尚已被投入牢房，本县会给他应有的惩处。蒋秀才，你现在可以回家了！"

狄公命马荣用轿子送蒋秀才回家，并让他召回守在蒋府大门口的衙役，同时告知蒋举人，对他的软禁也告结束。

县令大人拍案退堂。

狄公在书斋里坐下，陶干、洪亮和乔泰也在狄公对面落座。狄公略显疲惫地对陶干笑着说道："陶干，你的差事干得很好！

洞房血案，除了尸体尚未找到外，已经告破！"

"大人，尸体失踪定与毛禄有关！"洪亮说道，"毛禄谋财杀死堂兄，我们将毛禄缉拿归案，便能弄清新娘的尸体究竟现在何处！"

狄公显然不同意洪亮的看法。他慢慢说道："毛禄移尸出于什么目的？我们可以设想，毛禄在寺庙附近杀死堂兄之后，到庙里想找一处地方藏匿毛源的尸体。这时他看到庙堂内的棺材。打开棺材对他来说是轻而易举的事，因为他有木匠用的工具在手。那么，他何不干脆将毛源的尸体放在女尸上面，为何要自找麻烦搬开女尸呢？这样一来，毛禄仍然面临处置女尸的问题。"

陶干在一旁静静听着狄公的分析，一手抚弄着他痣上的三根长毛。他突然说道："会不会另有人在毛禄进庙之前就已经移走了新娘的尸体？这个人，我们尚不知他的姓名，但他一定出于某种原因不惜一切想阻止我们开棺验尸。总不至于是女尸自己跑出棺材了吧？"

狄公听到陶干的最后一句话，不禁盯着他看了一眼。他双手拢袖，靠坐在椅子上，沉思了片刻。

猛然间，狄公坐直身子，举拳击打桌案，并大声说道："陶干，你说得对！她正是自己跑出棺材的！她没有死！"

三位随从诧异地看着狄公。

"这怎么可能，大人？"洪亮问道，"医生说她已经死了，经验老到的收尸人也亲自清洗了尸体，而且女尸放在闭盖的棺材里已有几个时辰！"

狄公异常兴奋地说道："不！听我说下去！记得仵作说过，

在这种情形下，新娘通常是昏厥，死亡是很少见的。那么，假若她昏过去后，神经的过度刺激便可能使她处于一种假死的状态。我国历代医典上均有此类病例的记载，病人呼吸完全停止，脉搏全无，眼睛无光，有时病人的面部甚至显现死亡的征兆。而且，这种状态可能会持续几个时辰。

"当时，新娘在匆忙中被放进棺木，送至庙中。幸好，此棺木为薄板所制，仅作为临时存放之用。我亲眼看到棺木有多处缝隙，不然，新娘在棺木中定会窒息而死。后来，棺木停放在庙内。众人离去后，新娘苏醒过来。她叫喊，用脚猛踢棺木，但是庙中无人，只有又聋又哑的看庙人。再说，棺木停放在侧堂。

"下面仅是我的推测。毛禄杀了堂兄，窃取钱财后，便想在庙内找一个可以藏匿尸体的地方。这时他听见棺木内有动静！"

"这下他一定吓得魂飞魄散！"陶干插话说道，"他非拔腿就跑不可！"

"我们假定他没有逃跑，"狄公说道，"而是取来工具，打开棺木。新娘对他讲了经过……"说到这里，狄公的声音低了下来。他紧蹙眉头，现出困惑的样子，说下去："不对，这里有一点不合情理。毛禄听完新娘的讲述，为何没有立即送新娘回去，从而能在蒋举人那里要一笔可观的犒赏呢？"

"依我之见，大人，"陶干说道，"新娘一定是看见了毛源的尸体。她变成了毛禄杀人的见证，因此毛禄害怕她会告发。"

狄公点头称是。

"对！说得对！"狄公说道，"于是毛禄决定把新娘带到偏远的地方，等到庙内的棺木下葬后再做打算。毛禄可能给她两条路走，一是将她卖入娼门，二是送她回家，条件是必须告诉蒋举人说是毛禄救了她。无论哪一条路，他均可发一笔横财！"

"可是，毛禄在挖洞掩埋工具时，新娘在什么地方？"洪亮问道，"为什么和尚搜索寺庙时并未见到新娘？"

"这一切，只有等缉拿到毛禄时，才见分晓！"狄公说道，"不过，我可以确定，毛禄定是将新娘藏匿在什么地方。对了！就藏在鱼市后面的窑子里！那个独眼男人所说的'毛禄的姘头'就是蒋秀才的新娘！"

仆役托着盘子送来了狄公的午饭。他将饭菜放在桌上后，狄公又继续说道："要证明我的推测是否确凿，并非难事。你们三人快快用饭。饭后，乔泰去窑子里将那老鸨带来一问，便可知道毛禄带去的女子是不是月仙。"

狄公拿起筷子用午饭，三位随从离开书斋。

狄公匆匆吃着饭菜，无心品味。他正在思考出现的新情况。蒋、刘两家的疑案已经水落石出，只是个别的细节尚有待查实。现在，最为关键的问题是，必须找出此案与杏花被害之间的联系。蒋举人看来实属无辜，而刘飞坡在两桩案件中均有牵连，且疑云重重。

仆役进屋收拾碗筷，拭净桌案，并给狄公沏好了茶。狄公从抽屉内取出花船凶案的卷宗，一边慢慢捋着胡须，一边细细审阅着。

四位随从来到书斋见狄公。马荣说道：

"大人，我今日总算看到蒋举人动了真情！他见到儿子时，那股高兴劲儿哟，就甭提了！"

"他们三人有没有告诉你，"狄公对马荣说道，"我们有充分的证据可推测蒋举人的儿媳没有死？乔泰，老鸨带来了吗？"

"带来了，"马荣答道，"我见那个丑八怪在外面等着呢！"

"带她进来！"狄公命令道。

乔泰进屋，后面跟着一个又高又瘦、肌肤粗陋、塌鼻扁脸的妇人。她对狄公万福施礼后，便唠叨开了：

"大人，这位爷连衣衫都不让我换。我这身打扮怎么能见大人您哪！我跟这位爷说……"

"休得啰唆，听候审讯！"狄公打断妇人的絮叨，"本县即刻便可封了你的窑子。快快从实招来，毛禄带进你院中的女子究竟是何人？"

"我就知道，这个天杀的会给我惹出麻烦来，"妇人哭喊起来，"可是大人！我一个弱女子能有什么法子？大人，他要用刀割我的喉咙！求大人饶了我吧！"

老鸨撒泼，又哭又叫，并且连连叩头。

"休得喧哗！"狄公厉声喝道，"快快招来！那女子是何人？"

"我怎么知道那小娼妇是谁呀？"老鸨叫道，"毛禄半夜里将她带来。我敢对天发誓，我从未见过这个姑娘。她穿一身单衫，样子怪怪的，好像很害怕。毛禄说：'这鸡不识好歹，竟不肯嫁给我这么个好人！我给她点厉害瞧瞧！'我见那姑娘着实病得很重，所以就让毛禄那晚将她交给我。大人，您知道，我这人心眼儿好，对姑娘们可好着呢！我把她安顿在一间房里，给她弄了点粥，还沏了壶茶。大人，我还记得当时我对她说：'我的乖儿，好好睡一觉，别害怕！明儿，一切都会好的。'"

老鸨长长舒了口气。

"大人，你不懂这些姑娘呀！第二天早晨，我原指望她会对我道个谢什么的，可她倒好，却把整个院儿闹得天翻地覆。她踢门，叫喊，我赶过去看时，她便破口大骂毛禄和我。她说她是大家闺秀，被人绑劫，乱七八糟地说了一通。这种话我不知听过多少遍了。对付这些姑娘，我只有一个办法，就是把她们捆起来，尝尝我家法的厉害，包管她们服服帖帖。后来毛禄来了，她就乖乖地跟他走了。大人，就是这些！我可是一句假话也没有！"

狄公轻蔑地看了老鸨一眼。他本打算以凌虐民女之罪将她关押起来，可转念一想，老鸨如此行事只因她孤陋寡闻、愚昧无知。此类下等妓院本身就是邪恶渊薮，官府对这种地方只能管一管、治一治，很难杜绝此类野蛮行径。于是，狄公严厉地正告老鸨："官府明令，严禁妓院收留流浪民女，你该知道的。眼下暂且放你回去，如若本县查明你所言有半句虚假，定对你严惩不贷！"

老鸨不住叩头，对狄公千恩万谢。狄公示意，陶干便将她带出书斋。

狄公神色凝重地对几位随从说道："我们的推测没有错，蒋秀才的妻子没有死，不过她落入毛禄之手比死还要可怕。我们必须尽快缉拿毛禄，将她救出虎口。目下，他们在江北一个叫三树岛的地方，你们谁知道这个岛？"

陶干说道："大人，我从未去过该岛，但早有所闻。它是由一群小岛所组成，或者说，它是江中的一块沼泽地。那地方密密麻麻地长着杂草树丛，一年当中，倒有大半的时候被江水淹没，地势高一点的地方长着参天大树，只有聚居在那儿的流民、罪犯深谙该处的浅滩和暗礁。他们对过往船只强索买路钱，并经常袭击河边的村落。听人说，那里的强盗多达四百多个。"

"当地县令为何不去捣毁这个匪窝呢？"狄公颇为惊异地问道。

陶干噘了噘嘴，答道："大人，谈何容易啊！这要动用水军，还得赔上许多人命。那里水浅，只有小筏子才能进出，大船无能为力。再说，官兵在明处，匪徒在暗处，兵卒们一旦登上筏子便成了亡命之徒的靶子。那些流民、罪犯的利箭可谓百发百中。我听说，官府曾在河岸驻扎官兵，日夜巡守，以切断岛上与陆地的通道，借此逼降匪徒。无奈，匪徒在岛上已经多年，他们与当地百姓秘密往来，防不胜防。到眼下为止，匪徒尚无任何断粮缺物的迹象！"

"如此说来，情况不妙呀！"狄公说道。他看了看马荣和乔泰，问道："你们二人有把握将毛禄和月仙弄到手吗？"

"我和乔兄尽力而为，大人！"马荣高兴地答道。"这桩差事就看我们的了。依我看，我们最好马上就动身！"

"好！"狄大人说道，"我写一书信给江北县令，请他助你二人一臂之力。"

狄公拿起毛笔，在公文上匆匆书写，盖上衙署的官印后，交给马荣，说道：

"祝二位马到成功！"

马荣、乔泰离去后，狄公与洪亮、陶干继续商议。他对二人说道："马荣、乔泰骁勇善战，他们领命赴江北必有一番恶斗，我们三人在此也不能坐等。刚才用饭时，我一直在想花船血案中的两名主要疑犯——刘飞坡和韩永涵。我们不能再静观二人的动向了，我决定今日就缉拿刘飞坡。"

"大人，万万不能妄动！"洪亮颇感惊讶，高声说道，"我们尚未有确凿的证据，怎能……"

"我已有证据，必须缉拿刘飞坡，"狄公打断洪亮的话，"刘飞坡在公堂上状告蒋举人行凶杀人，现已证明，刘飞坡乃是诬告。诚然，我若息事宁人不予追究，本也无可厚非，因为当时他悲痛欲绝，失去理智，且蒋举人也没有喊冤叫屈。然而，国法难容诬告之罪，对诬告者可以依法惩处，且有关此款律令的执行可以由县衙审慎而定。我根据此案的需要，决定从严处置。"

洪亮犹豫不决。此时，狄公已提笔写好缉拿刘飞坡的令签，接着又取出一纸，边写边对二人说道："另外，万一凡在公堂上对其女儿与蒋举人一事做伪证，也必须缉拿归案。你二人带四名衙役速去刘府，而后令两名衙役去缉拿万一凡。两名案犯均用官轿带到衙门，并将他们分别关入监牢，严防他们互通消息。今晚，我将分头审讯二人，定能得知真情！"

洪亮迟疑再三，陶干却笑着说道："这与赌钱是一个道理，如果手气好，两个骰子就会掷出好的点数！"

洪亮和陶干离去。狄公从抽屉内拿出那张棋谱。他对自己的举动实无把握，但他觉得，必须主动出击。要达到此目的，缉拿刘飞坡和万一凡是目前唯一的办法。狄公在座椅上转过身去，从身后的柜子中取出棋盘，并将黑白棋子按照那张棋谱摆上棋盘。他断定，这张棋谱一定与杏花所提的密谋有关。这张棋谱刻印于七十余年前，围棋高手尚且没能破解，且杏花并不懂围棋，她用这张棋谱的目的不会是研究棋艺，而是借题发挥，另有所指。会不会是一道画谜？狄公紧锁眉头，将棋子在棋盘上移动着，想解读其中的奥秘。

这边，洪亮对衙役交代缉拿万一凡之后，便与陶干一起赶往刘府。四名衙役抬着一乘轿帘低垂的官轿，跟在身后。

洪亮用手敲击高大的红漆府门。门上的窥视小孔开启，洪亮递上县衙的令签，说道："县令大人命我等前来，请刘飞坡老爷到衙门走一趟。"

家人打开大门，让二人在门厅边的小厅内等候。不一会，一位老者前来，自称是刘飞坡的管家。

"不知二位有何贵干？我家老爷正在花园里小睡，不便打扰。"

"县令大人有令，务必让刘飞坡亲自前往衙门面晤，"洪亮说道，"烦劳前去通报。"

"不成！"管家惊恐地说道，"在下可不敢造次，主人会责怪我，打发我回家的！"

"不关你的事，你只需带我们前去就行！"陶干不动声色地说道，"我们自会唤醒你家主人。走吧，别耽误了我们的差事！"

管家浑身哆嗦，他那花白的山羊胡须也跟着瑟瑟抖动。他转身带路，穿越铺着彩砖的宽敞庭院，洪亮和陶干紧随其后。他们沿着曲折的回廊来到了一座四周围有矮墙的园子，花坛的瓷盆里种着奇花异草，姹紫嫣红，煞是好看。再往远，便是一处园林胜景，其间有一荷花池。管家绕过荷花池，来到怪石嶙峋的假山前。假山旁有一座修竹搭成的凉亭，亭子四周藤蔓缠绕，一片绿荫。管家用手指了指树荫，恼怒地说道：

"我家老爷就在亭内歇息。你们去吧，我在此等候！"

洪亮拨开绿荫。亭内只有一把藤躺椅和一张小茶几，空无一人。

两人急急返回，洪亮对管家怒吼道："你竟敢诓骗我们！你家老爷不在凉亭！"

管家吃惊地望着二人，想了一会后说道：

"那一定到书房去了！"

"好，我们也去书房！前面带路！"陶干说道。

管家带他们走过长长的甬道，在一扇紫檀木门前停下。门上饰有金属镂花的图案。管家敲门，无人应答，他便用力推搡，发现门锁着。

"站开！"陶干不耐烦地喊道。说着，便从宽袖内取出一个小包，内有几样工具。陶干用工具摆弄起门锁，只听啪嗒一声，门被打开了。这是一间陈设考究、宽敞明亮的书房，桌椅书柜均用紫檀木精雕细刻而成。屋内还是空无一人。

陶干走到书桌边，只见所有的抽屉都开着，宝蓝色的地毯上满是凌乱的名刺和书信。

"书房遭劫了！"管家叫出声来。

"遭什么劫？"陶干立即反驳道，"抽屉是用钥匙打开的，并非是强行撬开。你们老爷的银柜在哪里？"

管家用颤抖的手指了指两个书柜中间挂着的中堂画轴。陶干走过去，移开中堂画轴，只见墙上有一方形铁门。门没有上锁，银柜已空空如也。

"此锁也不是被人强行撬开的，"陶干对洪亮说道。"赶快搜索宅院，可我估计鸟儿已经飞了！"

洪亮唤来四名衙役。他们寻遍偌大的刘府，甚至连女眷的闺房也没有放过，可就是不见刘飞坡的踪影。家人都说，吃过午饭就没有见过老爷。

洪亮和陶干垂头丧气地回到衙门，在庭院里遇到另外两名衙役。他们说万一凡已经捉拿归案，没有遇到什么麻烦，现已将他关在牢内。

洪亮和陶干到书斋见过狄公。狄公还在思忖着那张棋谱。

"大人,万一凡已经在押,"洪亮告诉狄公,"但是刘飞坡不见踪影!"

"不见踪影?"狄公暗暗吃惊。

"而且席卷所有银财和文书出逃!"陶干说道,"他一定是从花园门溜走的,家中没有人知道!"

狄公举拳击案叹息道:"我们晚了一步!"

他站起身,开始在房内踱步。过了一会,他停住脚步,愤愤地说道:"都怪那个成事不足、败事有余的蒋秀才!要是我早知道蒋举人是无辜的……"他禁不住猛拽胡须,而后又突然说道,"陶干,赶快去把梁奋带到此地!开堂之前还有一点时间,我要审问他!"

陶干匆匆离去,狄公又对洪亮说道:"洪亮,刘飞坡的失踪对我们极为不利!凶案固然要紧,可还有更加紧急的事情需要处理!"

洪亮想要细问,但看到狄公紧绷着的脸,便又把话咽了回去。狄公又踱起步来。接着,他背着双手,静立在窗前沉思。

很快,陶干带着梁奋来见狄公。梁奋看上去比狄公初见时更加紧张不安。狄公坐在案前,双手抱胸,并没有叫梁奋坐下,而是专注地看着他。狄公说道:"梁相公!这次,我开门见山,直言相告。我怀疑你与一桩卑鄙的勾当有关。为了顾全梁大人的颜面,我没有让你对簿公堂,而是在书斋审问你。"

梁奋的脸吓得发白。他想申辩,狄公却用手止住了他,继续说道："你对我说梁大人理财无方，贱卖田地，我以为此举无非是为了掩盖你自己乘机将你伯父的钱财据为己有的居心。还有，我在被害舞姬杏花姑娘的房内发现了情笺，其手书与你的字迹一样。从最近的几封书信表明，你想斩断情丝，原因是你又看上了韩永涵的千金柳絮。"

"你是怎么知道的？"梁奋急忙说道，"我们还没……"狄公打断他的话，说道："你当然不是杀害杏花的凶手，因为你没有去花船赴宴，但是你与她有染。你与杏花在你的小书房内频频幽会，因为你可以毫不费力地从小花园的后门让杏花进入屋内。不！你让我说下去！我对你的私情毫无兴趣，你与情窦初开的柳絮两情相悦也与我无关。但是，你必须从实禀陈你与杏花的瓜葛。已经有一个后生因一念之差而干了傻事，误了我的审案，我不愿看到你重蹈覆辙！你给我从实招来！"

"大人！我对天起誓！我绝没有居心不良！"梁奋呼号不止，两手因绝望而搓揉着，"我根本不认识那名舞姬，也不想窃取我伯父的一两纹银！是的，我不讳言，我对柳絮有意，而且我觉得她也对我有情。可是我们从未讲过话，只常常在孔庙的花园里见到她。我……现在，大人既已窥知我的心事，别的，我也无须辩白了！"

狄公递给梁奋一封杏花的情笺，问道："这可是你所写？"

梁奋仔细辨别之后，将信还给了狄公，很平静地说道："的确很像我的笔迹，连笔锋都有几分神似！但这不是我写的。看来此人必有我的手迹，而且还能恣意临摹。大人，我禀告完毕！"

狄仁杰瞪了梁奋一眼，接着对他草草说道："万一凡已被缉拿归案，我马上要升堂审讯。你可去大堂旁听。"

梁奋走后，洪亮对狄公说道："大人，我以为梁奋说的是实情。"

狄公没有回答，只是示意洪亮替他穿上官袍。

锣敲三下，晚上的审讯宣告开始。狄公离开书斋，洪亮和陶干紧随其后。狄公来到大堂，端坐后案，放眼望去，见堂内只有十来个人前来旁听。显然，汉源百姓觉得案情不会有重大发展，故而兴味索然。但狄公发现，韩永涵和梁奋均站立在前面，还有苏员外也在其中。

狄公清点到堂开审各书吏后，写好公文交给衙役，并命他将万一凡带上堂来。

万一凡对自己被县衙缉拿毫不在意。他漫不经心地看了看狄公，便跪于案桌前。狄公问过姓名和操何种营生，万一凡皆镇定自若，一一作答。狄公接着问道："本县握有凭据，证明你前次在堂上所言不实，也就是你企图劝说蒋举人纳你女儿为妾一事。万一凡，你是从实招供，还是本县代你道来？"

"在下深知前次诓骗了大人，皆因在下助人心切。大人知道，刘飞坡乃是我朋友，又是买卖上的主顾，他与蒋举人在此案中看法不同，我便利令智昏，混淆视听。此举触犯法纪，在下愿依法受罚，恳请大人量定罚银，以让我早日释放出狱。刘飞坡定会替我交付罚银。"

"你的第二条罪状，"狄公说道，"本县查有实据，认定你趁梁大人年迈体衰、神志不清之机，怂恿他贱卖田地，从中渔利。"

狄公指控的第二条罪状也丝毫没有震慑住万一凡。他淡淡地答道："说我贪图钱财坑害梁大人，我拒不认罪。是刘飞坡将我引荐给梁大人，也是他劝梁大人变卖田地的。据刘飞坡判断，田地的卖价将要暴跌。恳请大人明察，让刘飞坡提供证词。"

"对此，本县无能为力，"狄公不想细说，"因为刘飞坡已携带钱财文书不辞而别了。"

万一凡此惊非同小可。他从地上跃起，脸色如同死灰，大声喊道："他逃往何处？是否去了京城？"

衙役欲强按万一凡跪下，狄公摇摇头说道："刘飞坡踪影全无，他家上下均不知他的去向。"

这下，万一凡顿失常态，大滴汗珠从额头滚下，低声自言自语道："刘……他逃了……"

他抬头看看狄公，慢慢说道："如此说来，我得重新斟酌我的供词。"万一凡迟疑片刻后，接着说道："万望大人容我三思。"

"本县允准。"狄公立即说道。他已经注意到万一凡眼中绝望乞求的神色。

万一凡被带回牢房。县令大人正欲拍案退堂，苏员外与首饰行的两位同业走上前来。其中一个是雕琢玉器的工匠，另一个是玉器商人。玉器商人说，他卖了一块玉石给工匠，可是工匠在切割时发现玉石有瑕疵，因此拒付银两；而工匠又不能将玉石退还给商人，因为发现瑕疵时，玉石已经被切割了。苏员外想从中调解，可是两人互不相让。

狄公仔细倾听着三人冗长的陈述，同时用眼角余光打量着大堂。他发觉，韩永涵已经离去了。苏员外又将纠纷说了一遍，狄公对他们说道：

"本县认为，你二人均有过失。玉器商人本是行家，理应在收购玉石时细察明辨，看有否瑕疵；工匠也是高手，也应在未动手切割之前目测玉石，发现瑕疵。玉器商人以十两纹银买下此石，又以十五两纹银卖给工匠。现在，本县判玉器商人付给工匠十两纹银，玉石两人平分。这样等于每人罚银五两，各得其所。"

说完，狄公拍案退堂。

回到书斋，狄公满意地对洪亮和陶干说道："万一凡不愿在大堂上招供，必有隐情相告。照说，私下审讯有违法度，不过我破例允准，也算情有可原。我想马上在此审讯他，看他要说些什么……"

书斋的门猛地被推开了，衙役跑进屋内，后面跟着狱卒。衙役气喘吁吁地说道："大人，万一凡在狱中自杀身亡了！"

狄公拍案而起，对狱卒怒斥道：

"蠢材！你们事先为何不搜他的身？"

狱卒跪地说道："大人，我敢打赌，我将他锁进牢房时，他身上绝对没有带任何糕饼点心！定是有人偷偷将毒饼送进牢房！"

"如此说来，你放人进来过？"狄公怒气未消。

"大人，绝没有外人来过！"狱卒几乎哭叫着说道，"我真不明白这究竟是怎么回事？"

狄公起身走向门边，洪亮和陶干也跟了出去。他们穿过庭院，绕过文案馆后面的回廊，来到牢房。狱卒手提灯笼在前面带路。

万一凡躺在木板长凳旁的地上，灯光照在他扭曲变形的脸上，满嘴都是白沫和鲜血。狱卒指了指地上万一凡右手边的一块小圆糕饼。糕饼只少了一角，看来万一凡只咬了一口。狄公蹲下身子细看。这是一种豆沙馅的圆形糕饼，街市上随处可见，所不同的是，一般糕饼上均有字号的印记，而这块糕饼上却是一朵莲花图案。

狄公用汗巾包好糕饼放入袖内，随后转身默默地走回书斋。

狄公重新在桌案边坐下。洪亮和陶干神色不宁地看着他。狄公心中明白，糕饼上的莲花图案不是要给万一凡看的，因为送进来的时候，天色昏暗，牢内根本看不清楚。这莲花图案显然是给他这汉源县令看的。这是白莲会向他发出的警告。狄公感到疲惫，他说道："万一凡被杀，是为了灭口。毒饼是白莲会的信徒所送，衙门内定有奸细！"

# 十六

▼

擒贼人不费吹灰力
夺木船巧施美人计

　　马荣与乔泰在文案馆内细细研读州府地图，并对此行做好准备。

　　他们挑选了两匹好马，朝城东进发。经过山坡进入平地之后，他们在大路上走了约莫一个时辰。马荣勒住马，对乔泰说道："我们从这里往右，穿过稻田而行，便能直达两县交界的大河。从那儿往下游约五十里地便是守卫桥头的官兵驻地。你意下如何？"

　　"我看不错。"乔泰赞同地说道。

　　二人在田间小路上策马而行。天气闷热异常，所以当他们见到前面有一农庄时，不禁喜出望外。一农夫从井里汲了一桶凉水给他们，二人仰脖一饮而尽。农夫将马牵向马棚后，二人蓬散头发，用破布胡乱扎好发髻，然后又从行囊中取出草履，换下了马靴。乔泰把袖子卷得老高，对马荣嚷道："我说老弟！今天这副打扮，真像当年我俩在绿林中的样子！"

马荣拍拍乔泰的肩膀，两人又从篱笆上拔下粗壮的竹棍，挥舞着向通往河边的小道上走去。

一个老渔翁正在晒渔网。老人要了两个铜钱将他们摆渡过去。付钱时，马荣问老人："此地可有兵丁巡查？"

白胡子老人惊恐万状，看了看他们，遂连连摇头，疾步返回小船。

马荣和乔泰在高过人头的芦苇丛中穿行。当他们来到一条蜿蜒曲折的乡间小道时，乔泰说道："照图上看，这条小道应通往村内。"

他们肩扛竹棍，边走边哼着浪荡小曲。约过了一刻时，他们便到了村内。

马荣走在前面，进了镇上的一家酒肆。他一屁股坐在木凳上，便嚷着要酒。接着，乔泰也进了酒肆，他在马荣对面坐下，说道："老弟，我已看过四周，平安无事！"

四个老农坐在另一张桌上，吃惊地望着这两个新来的酒客。其中一个老农举起一只手，并将小指和无名指向内弯曲，这个手势暗指拦路打劫的强盗，另外几个老农则神情严肃地点点头。

酒肆店主匆匆端着两碗酒跑来。乔泰一把抓住他的衣袖，大喝道："你这个笨蛋，快把这破碗给爷们拿走！换上坛子！"

店主拖着步子走开，不过很快便与他儿子一同回来。两人扛来了一坛近三尺高的酒坛，和两把长柄的竹勺。

两勇士打趣江北县衙役（高罗佩　绘）

"这还差不多！"马荣大声说道，"去他妈的杯呀碗呀的！"二人把竹勺伸进酒坛，大口大口往肚里灌。一路奔波，两人实在口干舌燥。店主送来一盘咸菜，乔泰用手抓了一把尝尝，尝出菜里还拌有大蒜和红辣椒。他高兴地咂着嘴巴说道：

"老弟，这菜比城里的还香！"

马荣嘴里嚼着菜，点了点头。坛里的酒只剩下一半，他们两人又各要了一碗面条。酒足饭饱之后，他们又喝开了乡间的土茶。这茶虽有点苦味，但相当爽口。喝完了茶，他们站起身，从腰间掏出钱来。店主哪里敢要，连声说大驾光临是小店的荣幸，马荣硬塞给店主饭钱，还额外赏了不少铜板。

马荣和乔泰走出店外，躺在一棵松树下，很快便呼呼入睡了。

过了半晌，马荣被人从睡梦中踢醒。他急忙坐起身子，看看四周，同时用手肘推推乔泰。五名手拿棍棒的汉子站在他们面前，旁边还围了不少看热闹的村民。

"我们是江北县的衙役！"一个又矮又胖的黑脸汉子大声叫道："你们是什么人？从哪里来？"

"你没有长眼？"马荣轻蔑地说道，"你们不认得我是州府都督，正在这里微服私访？"

人群中发出一阵哄笑。为首的衙役举起棍棒想吓唬二人，可马荣一把抓住他的衣领，将他从地上拎起来，在半空中摇晃，直摇得他牙齿打战。其余的几个衙役想上前救他。此时乔泰把竹棍插进一个身高马大的衙役两腿中间，将他高高挑起，又重重摔下。乔泰挥舞着竹棍，在众衙役头顶上呼啸着，众衙役抱头鼠窜，遭到围观村民的一阵耻笑。乔泰高声叫骂，穷追不舍。

为首的衙役也非怯懦之辈。他奋力想挣脱马荣，用腿乱蹬猛踢，于是马荣狠狠地将他摔在地上，顺手抓起了竹棍。这时，一名衙役用木棒向马荣的头部打来。马荣用竹棍挡住，照着衙役的手臂就是一棍，将他手中的木棒打飞。那人想过来抓住马荣，马荣挥舞竹棍，使其不得近身。眼看势单力薄，那衙役只得转身逃离。

过了一会儿，乔泰返回。他喘着粗气，说道："让这帮笨蛋跑掉了！"

"你们干得不赖！着实教训了他们一顿！"一个老农赞不绝口地对马荣说道。

店主一直在远处看着这场恶斗。这时，他走近乔泰，对他耳语道：

"你二人快快走吧！这里的县令大人有很多的官兵，他们马上会来捉拿你们的！"

乔泰用手挠着头皮，有几分后悔地说道：

"这个我们倒未曾料到！"

"不过，不用怕！"店主继续低声说道，"我让我那小子带你们穿过农田到江边，那儿有船，只需个把时辰便可送你们到三树岛。岛上有人接应，你只需说是肖伯让你们来的就可以了！"

马荣和乔泰匆匆谢过店主。店主的儿子在前面引路，他们穿过稻田，踏上泥泞的小路。走了一阵，店主的儿子停下脚步，指着前方的树林，说道：

"那边河湾里有条小船。别担心，只要顺水漂流便可到达你们要去的地方。不过，要当心旋涡！"

马荣和乔泰很快就找到了掩映在树丛中的小船。他们上了船，马荣用撑篙将小船撑离树叶低垂的河湾。不久，一条大河便出现在眼前。

马荣放下撑篙，抓起船桨。二人在浑浊的河水中漂流着，河湾离他们越来越远。

"在这江中，这条船是不是太小了？"乔泰不安地问道，他的手紧紧地抓着船舷。

"别害怕，老弟！"马荣笑着说道，"别忘了我是土生土长的淮南人，是在船上长大的……"

马荣用力划桨，以避开涡流。不一会，他们已划至江心，芦苇和河岸渐渐变成天水之间的一条绿带。又过了一会儿，绿带在视线中消失，只有浩瀚的江水在他们船的四周翻腾。

"望着这茫茫的江水，我有点昏昏欲睡！"乔泰说着便仰面躺下。两人沉默着，半个多时辰后，乔泰醒了，马荣则仍专注地划着小船。突然间，马荣叫道："看！前面有一片绿地！"

乔泰连忙坐起身子，看到前方有几块高出水面约一尺左右的的陆地，上面长满了野草。又过了半个时辰，他们才看清那是灌木丛生的小岛。这时，天色渐暗，岛上水鸟凄厉的鸣叫声听来让人胆寒。乔泰侧耳倾听着，忽然说道：

"这不是寻常的鸟鸣！这是兵丁巡查时用的暗号！"

马荣咕哝了几声，因为船已进了曲折的河湾，他划桨操舵感到不甚得手。骤然间，桨被人从手中夺下，船身也剧然地摇晃起来，紧接着一个湿漉漉的人从船尾水下冒出来，后面紧跟着又出现两个人。

"别动！否则老子掀翻你们的船！"一个声音吼叫道，"你们是什么人？"

问话的人两手扳住船舷，浑身上下裹着泥浆，看上去如同河妖再世。

"河那边小村里的肖伯命我们前来的，"马荣说道，"我们与那里的衙役有些误会，闹得不欢而散。"

"有话与我们头目说吧！"那人说道，一面把桨还给马荣，"从这里一直朝前划，见到灯光就是！"

六名手执兵器的人站在简陋的船埠上等候着马荣和乔泰，为首的一个手提灯笼。在灯光的映照下，乔泰看到他们个个身着戎装，但无任何标记。他们领着二人走进了茂密的树丛中。

马乔二人很快就见到树丛中闪烁的灯火，接着便来到一块开阔地，约有一百来人围在篝火旁，一口大铁锅里正煮着稀粥。所有的人都身穿铠甲，头戴铜盔，手握兵器。马荣和乔泰被带到了空地的另一端，那边有四个人坐在三棵古树下的脚凳上。

"启禀老大，他们便是哨头探得的那两个人！"带领马荣和乔泰来的兵丁恭敬地说道。

那个首领肩宽膀圆，上穿紧身铠甲，下着玄色灯笼裤，头发用红色头巾扎着。他用冷酷的眼光上下打量着马乔二人，厉声问道："快说！叫什么名字？从何而来？为何到此？快说！"

此人说话短促而有力，像个带兵之人。乔泰暗想，莫非是个临阵脱逃的武将。

"老大，我叫荣宝，"马荣讨好地笑着道，"我与我的这位兄弟均是绿林好汉。"接着,马荣对他讲了他们如何与衙役发生冲突争斗,店主又如何让他们到三树岛来。最后,他又说,首领若能助一臂之力,他们将不胜感激。

"二位所言我自会查实。"首领转而又对兵丁说道,"先带二人前往营地!"

马荣和乔泰各端一碗稀粥,兵丁带他们穿过树林来到另一片较小的空地上。一间小木屋前点着火把,一个男子正蹲在草地上喝粥。营地的一边,一个身穿蓝衣蓝裤的姑娘正在树下吃饭。

"你们在这儿,不许走开!"兵丁命令马荣和乔泰后,便离开了。马荣和乔泰盘腿坐在那个男子的对面,那男子默默地朝他们看了看。

"我叫荣宝,"马荣友善地对那人说道,"你叫什么?"

"毛禄。"那人不悦地答道,说完便把手中的空碗扔给了姑娘,大声吼道:"把碗洗了!"

姑娘站起来,一句话也不说,拾起了碗,还一边等着马荣和乔泰把粥喝完,将他们的碗也拿了过去。马荣用赞许的眼光看着姑娘。姑娘神情忧郁,走起路来腿脚不甚灵便,可是看得出来,这姑娘长得十分标致。毛禄皱着眉头,脸上露出不悦的神色看着马荣,并粗鲁地说道:"别那样盯着她看!她是我的女人!"

"这妞儿长得不赖!"马荣装出不经意的样子说道,"喂,我说,他们为什么把我们几个人弄到这边?好像把我们当作囚犯一样!"

毛禄在地上啐了一口。他匆匆看了看周围的兵丁,低声说道:"兄弟,他们太不仗义了!那天我带了一个朋友上这儿来,说要投奔他们，可是首领对我们盘问了半天。我那朋友很不以为然，说了句实话，你猜怎么着？"

马荣和乔泰摇摇头，毛禄则用食指在脖子上比画了一下。

"就给他这么一下子！"毛禄愤恨地说道，"现在又把我撇在这里，当我是个犯人！昨天夜里，有两个家伙还溜到这里来，把我女人给拖走了。我与他们打了起来，后来兵丁才来把他们抓走。不过，他们这帮人纪律还算严明，别的，我实在不敢恭维。我真后悔来这里！"

"他们究竟是干什么的？"乔泰问道，"我原以为他们是很讲义气的好汉，一定会欢迎我们这号人的！"

"你们问他们自己吧！"毛禄不屑地答道。

姑娘来了，把碗放在树下，毛禄对她大声呵斥道："怎么哑巴了？不会说话？"

"别来烦我！"姑娘冷冷地答道，进了木屋。毛禄气得满脸通红，但是没有追上去。他边骂边说道："我救了这女人的命，可我图的是什么？她整天苦着张脸！打也打了，绑也绑了，可她软硬不吃！"

"女人就得捆绑，她们才会听话。"马荣迎合地说道。毛禄站起来，走到大树下，用脚把落叶踢成一堆，往上面一躺。马荣和乔泰也在营地另一边的干树叶上躺下，很快便呼呼入睡。

乔泰感到有人往他脸上吹气，醒来一看，是马荣在他耳边低声说话："我到外边去巡查了一番，兄弟！河湾里有两条大船停靠在那里，明日一早就要启程，现在没人看守。我们不妨略施小计，将毛禄和那姑娘弄到船上。可是你我对水路不熟，没有办法把这么大的船弄出河湾，开到大江中去。"

"我们躲在船舱内，"乔泰低声说道，"明天一早，那帮家伙把船开到江里时，我们再出其不意地拿下他们！"

"就这么定了！"马荣高兴地说道，"我喜欢直来直往，反正不是他们输，就是我们输。一般说来，天亮之前他们不会动身，我还可以再睡一会儿。"

不久，他俩又鼾声大作。

天亮前半个时辰左右，马荣醒来。他起身，摇摇毛禄的肩头，毛禄才坐了起来，马荣便重重地在他头上一击，毛禄便不省人事了。马荣用绳子将毛禄的手脚紧紧捆住，同时从衣服上撕下布条塞进他的嘴里，再将他拦腰抱起。接着马荣唤醒了乔泰，他们一起进了小木屋。

乔泰拿出火绒盒，点上火，马荣则上前唤醒姑娘。

"我与我兄弟奉汉源县令之命前来搭救你，"马荣说道，"马上将你送回城去。"

在如豆的火光下，月仙狐疑地打量着眼前的陌生人。她不想多说。"随你们怎么说！不过，如果你们敢碰我一下，我马上喊人！"

马荣无奈，只得拿出狄公的信函，此信他一直藏匿在他包头的布巾内。月仙阅毕书信，点点头，急速问道："你们打算怎么逃离此地？"

马荣将他的打算说了一遍。月仙说道："天亮之后，兵丁们便会送早饭来。一旦发现我们不在，他们会马上吹响牛角号。"

"我昨日忙了一夜没有停歇，在林中相反的方向布下了迷阵。"马荣答道，"小美人儿，你尽管放宽心！"

"你嘴里放干净些！"姑娘抢白道。

"嗨！真是个厉害的妞儿！"马荣对乔泰扮了个鬼脸，笑着说道。他们走出木屋，马荣将毛禄扛在肩上，他在丛林中可谓如鱼得水。他领着乔泰和月仙摸黑在树林中穿行，很快便到了河湾。两条大船的轮廓依稀可见。

他们上了前面那条船。马荣径自走到船尾的船舱口，将毛禄从舷梯上滑入舱内，接着自己也跳了下去。乔泰和月仙也跟着下到舱内，躲在一间狭小的灶间里。前面堆满了大木箱，高至房顶，箱子用粗草绳围捆住。

"乔泰，把上面的箱子挪一下，爬到箱子上去，"马荣说道，"那里躲人最好。我去去就来。"

马荣抓起灶间角落里的一只工具箱，上了舷梯。月仙审视着灶间，乔泰已爬上了木箱，挤进了箱子与屋顶之间的空档里。正准备挪开木箱时，他说道：

"这些箱子这么沉，里面一定放了石块！"

乔泰正在腾出一块可以躲进四人的地方，马荣回到了灶间。

"我在那一条船上钻了几个洞，"他得意扬扬地说道，"等到他们发现舱里进了水，就很难发现洞了！"他帮乔泰将毛禄推上了木箱顶。这时毛禄已经苏醒，眼睛骨碌碌地转动着。"求求你，可别闷死在这里，"乔泰说道，"县令大人还等着审问你呢，"

他们二人把毛禄安顿在两只木箱中间。马荣爬到边上，伸出两手。

"快上来，"他对月仙说道，"我拉你一把。"

可是月仙一动不动。她咬着嘴唇，想了一会后，忽然问道：

"这条船上有几个船工？"

"大概六七个吧！"马荣不耐烦地答道，"快上来！"

"我就待在这儿！"姑娘说道。她瘪了瘪嘴，又说道，"我可不想爬到这么脏的箱子上去！"

"你敢！看我不……"马荣刚开口，就听见甲板上传来沉重的脚步声。人声鼎沸，吵吵嚷嚷。月仙推开舱门，向外望去，然后又回到堆放木箱的地方，对他们低声说道："大约有四十多个人上了船，全都穿着铠甲，拿着兵器！"

"快给我上来！"马荣压住怒气喝令道。

月仙却轻蔑地笑了起来。她脱去上衣，光着膀子，动手洗刷起锅子来。

"身段儿真美呀！"马荣对乔泰轻声赞叹道，"可是这小妞儿究竟想干什么？"

笨重的缆绳被扔在外面的甲板上。船身开始晃动，船工拿着长篙，嘴里哼起了小调。

突然，舷梯发出吱嘎响声。一个腰大膀圆的汉子站在舷梯上，张大着嘴巴，呆望着这个裸着身子的女人。女人对他挑逗地看着，慢条斯理地说道："怎么，想帮我干活？"

"我……我是来查看货物的！"那汉子说道，两只眼睛死盯着女人浑圆的酥胸。

"那好吧，"月仙说道，"要是你宁愿与这些又脏又臭的木箱子做伴，那就请便吧！我一个人也干得了！"

"那怎么成呢？"那汉子大声说道，急步奔到姑娘跟前，"你不但貌美，而且还……"汉子咧着嘴大笑。

"你也不赖呀！"月仙说着，主动与汉子调起情来。汉子搂着月仙，正要动手动脚，月仙推开汉子说道："先把活儿干完了，再作乐也不迟呀！去打桶水来！"

"大刘！你在哪儿？"门外传来粗哑的喊声。

"我在这儿忙着查看货物呢！"汉子对门外喊道，"你去看看船帆准备好了没？"

"我得煮几个人的饭？"月仙问道，"船上有兵丁吗？"

"没有，兵丁乘后面那条船。"姓刘的汉子答道，递给她一桶水，"你只要给我煮好吃的就成，美人儿！这条船上我当家。舵工和另外四个船工吃我剩下的饭菜就成了！"

甲板上传来兵器碰撞的当当声。

"你不是说船上没有兵丁吗？"月仙问道。

"他们不是兵丁，是到船上来搜寻歹徒的，搜完就要开船了。"大刘答道。

"我喜欢！"姑娘说道，"把他们叫下来！"

大刘爬上舷梯，把头伸向门外，叫道："这里的货舱我已经查看过了。下面闷热得要命！"门外有人争辩了几句。稍停片刻，大刘脸上露出满意的笑容，下了舷梯，斜着眼对姑娘说道："好了！我将他们挡回去了！我的美人儿，我也曾舞过刀、弄过枪的，我会让你舒坦的！"说着便搂住了姑娘的细腰，并且伸手去解姑娘的腰带。

"等等！"月仙说道，"在这儿不成！我可是个规矩人家的闺女。你爬到箱子上面去看看，或许在那上面我们会更加舒坦！"

大刘急忙走到堆放木箱的地方，爬了上去。马荣伸手卡住了大刘的脖子，把他拽到箱子顶上。马荣的手像铁钳一般，一直卡到大刘昏死过去才松开。随后，马荣跳下箱子，来到灶间。月仙连忙关好舱门，穿好上衣。

"看不出，你这妞还真行！"马荣神情兴奋地对月仙低声说道。说完，他猫腰躲在舷梯后面。舱门外又传来脚步声。"嗨！大刘！你在下面干什么？"一个怒气冲冲的声音喊道。

马荣扭住了那人的双腿，向下猛拖。那人一个跟头翻了下来，头沉沉地撞在地上，动弹不得。乔泰从箱子上面伸出手，两人一起把不省人事的汉子拖了上去。

"把这家伙死死捆住，乔兄，你再下来！"马荣低声说道，"我得马上到甲板上去，你在这儿等着，我把那帮家伙一个个送下来！"

马荣爬出舱口，抓住锚绳，沿着船舷悄然无声地上了甲板。看看四周无人，他慢慢逼近舵工，舵工这时正双手握着笨重的舵柄。马荣开口说道："船舱内太热了！"马荣见船已行至江心，另一条船也逐渐接近他们，他一头躺倒在甲板上。

舵工愕然，一声响哨，三个壮实的船工从船后跑来。

"你是何人？"一个船工问道。

马荣双手枕于头下，呵欠连连地答道："我奉命前来查点货物，刚才与大刘一道查完了木箱。"

"大刘什么事也不告诉我们，"船工不屑地低声咕哝道，

"他只管自己！我得下去问问他要挂几张帆。"他向舱门走去。马荣赶紧起来，和另外两个船工一起跟了上去。

那船工站在舱口张望，马荣猛地给了他一脚，船工一个趔趄滚下了舷梯。马荣以迅雷不及掩耳之势，回头照着后面船工的下巴就是一拳，直打得那家伙跌撞在船栏杆上。马荣奔过去，对他的胸口又猛击一拳，将他推下河去。另一个船工提着大刀向马荣冲来。马荣弓腰低头，刀从马荣背上闪过，马荣乘势用头向船工的腹部猛撞过去。船工俯身趴在马荣背上，直喘粗气。马荣直起身子，将船工抛至船栏杆外，掉进江中。

"正好喂鱼！"马荣大声叫道，同时对舵工说："老兄，你只管掌好舵，不然也将你送到江中去喂鱼！"马荣看看另一条船，已经远远落在后面，船身已明显向右倾斜，船上的人在甲板上四处逃窜。"他们别想活着回去了！"马荣幸灾乐祸地说道，接着便去摆弄帆篷。

乔泰从舱门口探出头来，说道："你怎么只送进一个人来？另外几个呢？"

马荣用手指了指江水，仍然低头摆弄着帆篷。乔泰上了甲板，他对马荣说道："月仙正给我们烧午饭呢！"

江上起风，船走得很快。乔泰看看河岸，问舵工："什么时候能到达屯兵的营寨？"

"一个时辰。"舵工阴着脸答道。

"你们原先打算将船开往何处？"乔泰又问道。

"浏江，顺水走两个时辰。那儿的弟兄正准备大打出手呢。"

"算你走运，老兄，"乔泰说道，"你不用去送死了！"

马荣、乔泰和月仙坐在甲板的阴凉处吃午饭。马荣向月仙讲述了蒋秀才的不幸遭遇，月仙听了泪流满面，连声低语："我那可怜的夫君，他真命苦啊！"

马荣对乔泰使了一个眼色，对他耳语道："你听见了吗？这个身手不凡的美人儿对她那可怜的丈夫还挺疼爱的呢！"

乔泰没有理会马荣，他两眼盯着前方。一会儿，乔泰大声说道："老弟，你看见营旗了吗？那一定是营寨了！"

马荣马上站了起来，对舵工喊令。然后，他又去放下帆篷，一刻时之后，木船便已靠岸。

马荣将狄公的信函交给了营寨的队正，并对队正禀报说，他奉上木船一条以及三树岛的四名盗贼。他道："我不知船上载的何物，但是货物很沉！"他们带了四个兵丁一同上船察看。队正和兵丁戴上了头盔，并迅速穿上了铁肩、护臂，还在腰间佩了长剑和利斧。

"你们为何穿上这么重的东西？"马荣迷惑不解地问道。

队正忧虑地答道：

"近来常有传言说江上强盗骚扰不断。我仅有这四名兵丁留在营寨，其余的人到浏江去了。"

兵丁这时已打开木箱。箱内全是头盔、铠甲、刀剑、弓箭等等兵器，头盔上均有白莲印记，箱内还有一袋银制的小莲花，约有百十来个。乔泰拿了几个放入袖内，他对队正说道：

"这条船是开到浏江去的。还有一条船，上面有四十名盗贼，但是那条船开船不久便沉没了。"

"太好了！"队正说道，"不然，尉官在浏江会有更大的麻烦。他这次只带了三十多名兵丁。对了！你们到此有何贵干？有何事相求？河的对岸就是屯兵所在，他们守卫的地方就是汉源的最南端。"

"请速将我们渡到对岸！"马荣说道。

马荣、乔泰一行人到了对岸，要来四匹马。那里的官员告诉他们，沿湖只需一二个时辰便可到达汉源。

乔泰拿掉塞在毛禄口中的布条。毛禄想要骂娘，可是舌头肿胀，只能发出嘶哑的叫声。马荣将毛禄的两只脚绑在马鞍上，接着问月仙："你会骑马吗？"

"我会！"姑娘说道，"你把衣服借给我垫在马鞍上。我担心伤处未曾愈合，会影响我骑马！"

月仙将衣服叠好，垫在马鞍上，接着飞身上马。

四人出发，策马向汉源城奔去。

十七

马荣、乔泰、月仙、毛禄四人乘马回城之际，狄公正在县衙升堂。

时值酷暑，狄公穿着厚重的锦缎官袍感到闷热难耐。前一日夜晚、今日早晨，他与洪亮、陶干一直在研究衙门内县吏的底细，可是毫无头绪。衙门里的衙役和书吏等也无人挥霍无度，更没有渎职失责之嫌。狄公又累又急，只得对外宣布，万一凡自尽身亡，尸体已临时入棺，停放牢内，等待验尸。

升堂已有多时，凡事杂务均须一一审理。虽说无甚大事，但是延误拖宕就会影响政务。堂上只有洪亮一人打理，陶干奉命在城内巡查民情。

狄公拍案退堂时才舒了一口气。洪亮在书斋替狄公更换官袍，陶干也从城内返回。他不无忧虑地说道："大人，城内情势不妙。我在茶楼小坐，众百姓预感会出乱子，可又说不清、道不明。有传言说，强盗匪帮在江北集结；甚至有人窃窃私语说，盗贼备有兵器，正准备强渡过江到汉源城来。我返回衙门途中，店家已纷纷打烊，这也不是个好兆头呀！"

狄公猛拽胡须，缓缓对二人说道："十余天前，我到汉源上任不久，便觉察此地情势不妙。现在看来，事出有因。"

"在城内，我发现有人盯着我，"陶干继续说道，"这不足为奇。我在城内有不少相识之人，在捉拿和尚一案中，我更是出头露面，惹人注意。"

"你认识那人吗？"狄公问道。

"大人，不认识。盯着我的人长得高大魁梧，面孔黑红，留着一圈络腮胡。"

"你进县衙之前，可曾叫人将那人抓起来？"狄公急切地问道。

"没有，大人。"陶干痛惜不已。他接着说道，"当我经过孔庙附近的小街时，另外又有一个人也跟他一起盯着我。我在一家油铺前止住脚步，站在街边的一只大油桶旁边。那个大个子想要伸手抓我，我一脚将他绊倒，结果他撞在了油桶上，将油桶翻倒在地，油淌得满街都是。这时从油店里跑出来四个身强力壮的推磨碾油的小工。大个子诬赖说是我的过错，因为我先动手打他。可是那些小工看了看我们二人，便认定是那无赖说谎，于是就将他打倒在地。"陶干最后得意地说道："我离开时，只见他们用油坛砸那无赖的头，油坛被砸成碎片，另一个盯着我的人溜得比兔子还快。"

狄公不禁审视起面前这个清瘦的汉子来。他记得马荣曾经对他说过陶干如何将和尚诓骗到客栈之事。他寻思，此人貌似城府不深，可有时候却是诡计多端。

正在这时，门被推开了，马荣、乔泰先后进屋，月仙也跟在马荣身后进了书斋。

"大人，毛禄已经关进牢房！"马荣喜形于色地向狄公禀报。他又说道："这位女子就是失踪的新娘！"

"太好了！"狄公会心地笑了。他示意月仙坐下，并亲切地对她说道："刘姑娘，你一定想回家看看吧？大堂供证一事不妨以后再说，现在先说说你在庙内的所见，我必须马上查实一桩凶案。至于洞房花烛夜不堪回首之事，以及你后来的遭遇，我已略知一二。"

月仙双颊绯红。过了一会，她才稳住心神，缓缓说道："有一阵子，我还真以为棺材已经下葬了。我害怕极了。后来，我感到木板的缝隙间有丝丝空气透进来，我拼命将棺材盖向上推，可是它纹丝不动。我大声喊救命，同时用手敲，用脚踢，直到流血不止。棺内的空气越来越少，我真怕会闷死在里面。就这样，我不知道在里面待了有多久。

"后来，我听见外面有笑声，便提高嗓子喊叫并且用力猛踢。笑声突然停止。'里面有动静！'一个粗哑的声音叫起来，'一定是鬼在叫！'我攒足力气喊道：'我不是鬼！我活着被人装进棺内，救命呀！'很快，就有刀砍斧劈的响声，棺盖终于开了，我又重新吸到了新鲜的空气。

"我见到两个看上去像以出卖劳力为生的男人。年纪稍大一点的那个满脸皱纹，慈眉善目；另一个较年轻，但脸色阴沉。从两人通红的面庞上可以看出，他们刚刚喝过酒。然而，突如其来的事件令两人顿时清醒。他们将我扶出棺木，带我到庙外的花园里，在荷花池旁的石凳上坐下。年老的男子从池中舀了水，让我洗洗脸；年轻的男子从他带的葫芦里倒了些烈酒，让我喝下。我觉得好了些，便告诉二人我是谁，因何在此。年老的男子说他叫毛源，是木匠，那天下午他还在蒋举人家干活。他说他在城里遇见堂弟，两人一起喝了点酒，由于天色已晚，所以决定在破庙内过夜。'我们送你回府，'木匠说道，'蒋举人会把一切告诉你的。'"

月仙稍停片刻，又继续说道："毛源的堂弟一直在旁边看着我，这时才开口说道：'堂哥，切切不可鲁莽行事！这个女人已经死过一回，我们可不能违背天意呀！'我明白这个男子在打我的主意，心中不免害怕，因此便乞求老人能帮我并带我回家。木匠怒斥他的堂弟，可堂弟也不甘示弱，两人遂争吵起来。这时，堂弟猛然用利斧击中木匠的头。"

月仙的脸色煞白。狄公示意洪亮给她倒来一杯热茶。月仙喝过茶后，哭出声来。

"那样子真是惨不忍睹！我又昏了过去。当我苏醒过来时，毛禄站在我面前，阴沉的脸上带着淫邪的笑。'跟我走吧！'他厉声对我说道，'不许出声！否则要你的命！'我们从花园后门出了寺庙，他将我绑在寺庙后面树林中的一棵松树上，匆匆离开。待他回来时，工具箱和斧头已不在他身边。毛禄带我穿过昏暗的街巷，到了一家小客栈，一个面目可憎的女店主把我们带到楼上一间又脏又小的房间。'这儿就是我们的洞房。'毛禄说道。我忙向女店主求饶，求她不要把我一个人留下。那女人似乎听出了一点名堂，便对毛禄喝道：'今儿个算了！明儿包在我身上，一定给你！'毛禄二话不说就走了。那女人给了我一件旧衫换下了裹在我身上的白布，还给了我一碗粥。我一直睡到第二日中午才醒。

"醒来后，我觉得气力倍增，想尽快离开这个鬼地方。可是门被反锁了，于是我又踢又叫。女店主闻声前来，我告诉她我的姓名，并说毛禄绑劫了我，让她放我走。谁知她大笑不止，说道：'这种话我听多了！今夜你就是毛禄的了！'我不禁大怒，呵斥她的无耻，我对她说，我要到衙门去告他们。那女人破口大骂，说我下贱、不要脸，还撕破我的衣衫，剥光我的衣裤。我本来身强力壮，见她从袖中取出绳索要来捆绑我，便猛然将她一推，想夺门而逃。但是，我毕竟不是她的对手。她猛踢我肚子，我痛得弯下腰，直喘气，她便乘机反绑我的手，并狠命拽住我的头发，按住我的头，让我跪下。"

月仙缓了口气，面颊气得通红。接着，她说道："那可恶的女人用绳子抽打我的背和臀。我气恨交加，疼痛难忍，哭喊着想爬着躲过鞭打。可那狠心的恶妇将双膝跪在我的背上，左手扳起我的头，右手挥动绳子，往死里打。我哭着求饶。等那恶妇住手的时候，我的大腿和臀部都已皮开肉绽，鲜血淋漓。

"恶妇气喘吁吁，将我从地上拖起，命我靠床架站着，用绳子把我绑在床架上，便反锁房门走了。我站在床前，痛苦地呻吟，迷迷糊糊地不知过了多久。后来，毛禄来了，身后跟着女店主。毛禄看我可怜的样子，似乎也动了恻隐之心。他低声说了些什么，用刀割断绳索。我的两腿红肿，根本无法站稳，他便将我扶上床，给了我一块汗巾，并把衣衫扔给了我。'你睡吧，'他说道，'明日我们就走！'他和女店主走后，我因极度疲惫而沉沉睡去。

"第二日清晨，我醒来后感到浑身撕心裂肺的疼痛，动弹不得。那女人又来了，我心里十分害怕。可是这次她似乎不再凶神恶煞，还说：'毛禄这小子这次出手还算大方！'她倒了杯茶给我喝，并在我的伤口上敷了点药膏。过了一会，毛禄来了，他让我穿好衣服。楼下，一个独眼男子正等着我们。他们二人将我架出屋外，我每挪动一步，都痛得钻心。一路上他们不停地威吓我，让我跟着他们，我自然不敢与路人搭话。后来乘上了农夫的牛车，走过那片平原，一路上更是苦不堪言。再后来坐船到了岛上。第一夜，毛禄就想占有我，我说病了。接着那两个盗贼又来欺侮我，毛禄与他们大打出手，直到有人前来才告平息。第二日，这两位好汉来了……"

"好了，姑娘！"狄公说道，"下面的情况，我的两名随从会对我禀陈。"狄公让洪亮倒茶给月仙喝，然后郑重地对月仙说道："刘姑娘，你在极其险恶的情形下，坚贞不屈，实在难得！短短几天内，你与你丈夫历经磨难，身心倍受煎熬，可你二人皆矢志不渝。如今，苦尽甘来，你夫妻定会恩爱白头，共伴一生。

"另外，实不相瞒，令尊刘飞坡神秘失踪。不知你能否告知令尊突然离去的原因？"

月仙在妓院遭到虐待（高罗佩　绘）

月仙神色不安，她缓缓说道："大人，父亲从不对我讲他的事情。我一直以为他的买卖兴隆、我们吃穿不愁。父亲一向恃才傲物，我行我素，与人难以相处。我也知道母亲以及父亲的另外几房夫人过得并不舒心，她们似乎……不过，对我，父亲一直视为掌上明珠。我真不敢想象……"

"如此说来，"狄公打断月仙的话头，"我们只得等些日子再做道理。"狄公接着对洪亮吩咐道："将刘姑娘带至客堂，备好官轿，送她回府。令差役骑马前去通报蒋举人和秀才，就说月仙即刻便到。"

月仙跪地叩首，谢过狄公。洪亮带她离开书斋。

狄公靠在椅背上，细听马荣和乔泰禀报。

马荣详尽叙述此行的经过，对月仙的机智和勇敢大加赞赏。马荣告诉狄公，第二条木船上的数十名男子全身戎装，木箱内尽是兵器装备。狄公直起身子，格外留意地听着。马荣接着又把队正关于浏江一带动荡不安的局势说了一遍。马荣没有言及头盔上的莲花，因他对此一无所知。马荣说完之后，乔泰把袖中所藏的银制白莲花徽标拿出来，放在桌案上，忧心忡忡地说道："大人，木箱内的头盔上也有同样的白莲花徽标。多年以前，我曾听说过一桩秘密结社谋反朝廷的要案，人称白莲会。看来，江北的盗贼企图用这种标记恫吓百姓。"

狄公看了看银制的莲花，从椅子上站起身来，不安地在屋内踱步，嘴里愤愤地说着什么。几位随从面面相觑，他们从未见过狄公如此模样。

狄公镇静下来，在他们中间站定，惨淡一笑，说道：

"我想独自一人思考一会。你等暂且下去吧。劳累多时，也该玩乐歇息一下！"

马荣、乔泰和陶干悄然无声地退出。洪亮犹豫了一会，可是当看到狄公神色憔悴、焦虑不安时，也跟随三人而去。江北之行，马到成功的喜悦骤然消散，四人隐隐感到更加棘手的问题还在后面。

四位随从离去，狄公重新坐于案后，两手抱臂，低头沉思。他最担心的事终于发生了，白莲会死灰复燃，蠢蠢欲动。他们的一个要冲就在汉源，这个朝廷派他担任县令的地方。身为汉源的父母官，他对此事却毫无察觉。眼见一场厮杀在所难免，那时，无辜百姓将惨遭杀戮，繁荣城镇将毁于一旦。诚然，他无力阻止祸及神州的灾难，白莲会的藤蔓遍布各地，汉源只是其中的一枝。然而，汉源与京城毗邻，其对朝廷的重要性不言而喻。他至今尚未对朝廷奏明此事。他失职了！严重的失职！朝廷命他到汉源赴任乃是他仕途中的大事，可他却出师不利。狄公双手掩面，陷入深深的绝望中！

狄公转念一想，马上控制住自己的情绪。也许还有时间。浏江暴乱是叛贼首次发难，目的是试探朝廷官兵的虚实。由于马荣与乔泰的周旋，增援浏江的兵力未能到达，叛贼策动暴乱还需一二日的时间。浏江当地的官吏、将领可能会向上禀报此事，上面将派人查实。可是，这样的周折颇费时日！我乃汉源县令，浏江暴乱不仅关乎当地的安危，而且是白莲会谋反朝廷的行动之一。我向朝廷禀报，自是责无旁贷。今晚我必须向朝廷禀报并且附上确凿的证据。可证据在哪里呢？

刘飞坡神秘失踪，韩永涵还在汉源。我应该捉拿韩永涵，严刑拷打！但证据不足。可现在是危难时刻，非常时期。对！那张棋谱与韩永涵有直接的关系。毫无疑问，韩永涵的祖先，韩隐士，在古代早就发现了这个秘密，并将破解此谜的关键隐含在棋谱之中，而他的不肖子孙正利用棋谱来达到自己的罪恶目的。可是，这秘密究竟是什么呢？韩隐士不但学识渊博，擅长围棋，而且精于建筑，韩府的佛堂就是他亲手督建的。韩隐士还能篆刻碑文，佛龛玉碑上的题字是他亲手所刻。

狄公霍地坐直了身子，双手紧紧抓住桌案的边缘。他闭上眼睛，脑海中浮现出那夜在佛堂与柳絮的一番谈话。柳絮用纤纤细手指着那块玉碑娓娓道来的情景历历在目，他清楚地记得，柳絮对他说过，玉碑上每一个字都是刻在一小块一小块玉石上的。所以，拼成的玉碑是方的，韩隐士的棋谱也是方的，皆是由方格子组成的……

狄公拉开抽屉，把里面的文书纸张扔在地上。他心急如焚，想马上找出柳絮给他的那张玉碑拓片。

狄公终于在抽屉的角落里找到这张拓片。他迅速地将它平铺在桌上，两边用镇纸压住，又把棋谱放在它的旁边。他仔细地比较着这两张纸片。

玉碑上的题词共有六十四个字，横竖各有八行，呈正方形。狄公紧锁浓眉。棋谱也是正方形，但横竖却有十九行。形状相似，但两者之间究竟有什么联系呢？

他尽量让自己冷静下来，思忖，玉碑的题字是韩隐士摘录的，如果不加删改，很难用它来隐喻机密。要说有什么奥妙，肯定在棋谱里。

狄公缓缓地捋着胡须。这张棋谱毫无章法可言，乔泰曾经说过，黑白棋子的位置是随意摆放的，特别是黑子，似乎没有任何意义。狄公眯缝着眼睛想，会不会这其中的含义在黑子上？而白子是随后放上去的，是一种障眼的手段？

他很快数了数黑子所占据的位置，横竖各占八格，八八六十四，正好是碑上的字数！

狄公拿起毛笔，对照棋谱上十七个黑子的位置，在碑的题字上画了十七个圈。他舒了一口气，谜底终于找到了！这十七个字连在一起组成一个句子，意思便昭然若揭。

狄公放下毛笔，擦拭额头上的汗珠。他已经知道白莲会发号施令的所在。

狄公起身，快步向门边走去。他的四员随从正站在门外回廊的一角，低声议论着狄公如此沮丧的原因。他示意他们进屋。

四人走进书斋，立即发觉乌云已经消散。狄公神情昂然，站在桌案后，双臂拢抱在宽袖内。他神采奕奕地看着四人，说道：

"今夜，我将了断扑朔迷离的杏花被害一案。我已经弄明白杏花在花船宴席上对我说的最后一句话的真正含义。"

　　狄公将四员随从召唤在身边，对他们轻声耳语，和盘托出自己的打算。"切记，小心为是！"他叮嘱道，"衙门内有奸细，当心隔墙有耳！"

　　马荣和乔泰匆匆走出书斋，狄公对洪亮说道：

　　"洪亮，你快去衙役房，注意那里的兵丁和衙役。只要有外人来，立即将他们拿下！"

　　吩咐完毕，狄公走出书斋，与陶干一起走上楼梯，来到县衙的楼厅。他们走上露台。

　　狄公不安地看了看天色。月光皎洁，天气炎热，外面一丝风都没有。他舒了一口气，在玉石栏杆边坐下。

　　狄公两手托腮，望着黑黝黝的市镇街巷。时已入夜，敲过初更，百姓早已吹灯入睡。陶干站在狄公身后，用手捋着鬓发，眺望着远处。

好一阵子，两人相对无言。街市上传来梆子声，更夫在巡夜打更。

狄公突然起身。

"夜深了！"他说道。

"大人，凡事都不容易呀！"陶干安慰狄公，"也许比我们预计的要多费些工夫！"

猛然间，狄公拉了拉陶干的衣袖。

"看！"他大声说道，"开始了！"

一缕白烟从东边的屋顶处升起，不久便有了火光。

"快来！"狄公喊了一声，匆匆下楼。

他们刚到楼下庭院，县衙门口的大铜锣就响了。两名勇武的兵丁发现火情，正用木槌敲着铜锣。

衙役和兵丁纷纷冲出衙役房，边走边用手系紧头盔。

"快去救火！"狄公命令众人，"留下两人守在门口！"

狄公与陶干走上街头。他们看到韩府大门洞开，众仆役有的扛着、有的抱着细软什物跑出韩府，熊熊火舌正舔着宅院后面堆放杂物的屋顶。左右街坊聚集在街口观望，里正让大家排成一字长阵，把水桶传递给站在围墙上的衙役。

狄公站在大门前，声如洪钟地对众人喊道：

"两名衙役把守大门，不要让盗贼溜进府内！我进去看看是否还有人留在里边！"

狄公与陶干冲进人去楼空的宅院，径自朝佛堂奔去。

站在佛龛前，狄公从袖内取出那张佛经拓片，指着上面用毛笔圈过的十七个字。

　　"看！"他说道，"此句是碑上题字的关键。连在一起，这个句子是："如汝悟吾言，须指此玄，得进此门，尽享安宁。"看来，玉碑是一道通往密室的暗门。来！你拿着纸！"

　　狄公用食指压住玉碑第一行中的如字，那一块玉便动了一下。狄公再用大拇指使劲压"汝"字，该方块便向里凹进半寸。狄公依次按压下行中的"悟"字，那小块玉石同样向里凹进半寸。当他按压最后一行中的"宁"字后，只听见轻微的"咔嗒"声，狄公推动玉碑，玉碑便缓缓向里移动，露出近四尺见方的入口。

　　狄公从陶干手中接过灯笼，爬了进去。

　　陶干想随狄公进去，但发觉暗门正逐渐闭合。他眼疾手快抓住门里的把手，转了一下，门又开了。

　　狄公顺着暗道往前行进，约十步光景，暗道变宽，他便站直身子，继续向前。在灯火的映照下，前方有一段陡直的台阶，下面一片漆黑。狄公向下走了约有二十级石阶，来到一个近十五尺见方的洞穴。洞穴是在山岩中开凿出来的，靠洞壁的右边放着十几只硕大的陶罐，均有羊皮纸封口，其中一只陶罐的封口已被撕开，狄公把手伸进罐内，抓出一把干米。左边有一扇铁门，铁门上方有一拱形门，通向另一处暗道。狄公转动铁门上的把手，铁门向里转动，没有一点声音。显然门上的铰链经常上油，保养得很好。狄公一动不动地站着。

　　那是一间呈六角形的小屋，洞壁上点着一盏油灯，屋子中央的方桌边坐着一个男子，正在细读一本名册。狄公只能看见他宽阔的后背和微耸的双肩。

狄公和陶干踮起脚尖走进屋内。那人突然转过身来，原来是王员外。

王员外一跃而起，将椅子向后一扔，正击中狄公的腿。狄公一个踉跄，差点摔倒。狄公疾步上去抓他，王员外围着方桌绕行，同时拔出长剑。狄公两眼盯着王员外那张因激怒而变了形的脸，忽听嗖的一声，什么东西从王员外肩上飞过。王员外灵敏地俯身闪避，身手矫捷，一反平时笨重呆滞的神态，令人惊异。飞刀"啪"地插进靠后墙的柜门上。

狄公抓起桌上沉重的青石镇纸，一面侧身躲开王员外迎面刺来的长剑。狄公用力掀翻方桌，王员外急速后退，但方桌的角仍然撞着他的双膝，使他站立不稳，向前扑去，同时挥舞利剑直刺狄公。利剑刺破狄公的衣袖，狄公赶紧拿青石镇纸向王员外的脑后砸去。王员外扑倒在掀翻的方桌上，头上鲜血直流。

"刚才我的刀差点要了他的命！"陶干后悔不迭。

"嘘！"狄公压低嗓门说道，"洞里可能还有人！"

狄公蹲下身子查看王员外的后脑，"镇纸比我预料的要重得多，"他说道，"他断气了。"

狄公站起身来，目光落在门两边靠墙放着的两摞黑皮箱子上。每摞足有二十来只，每只箱子都有把手，而且都挂着铜锁。

"古时候，我们的先祖，曾用这种箱子存放金子，"狄公对陶干说道，"可是这些箱子好像是空的。"狄公感到奇怪。环顾四周后，他继续说道："韩永涵懂得一个道理：如果一个人能把真事编进谎言里，他的谎言最能骗人。当初他告诉我们他被绑劫一事，他所描绘的白莲会所正是他自己的宅院！韩永涵必是白莲会的头目无疑。他派刘飞坡去别处，让他对那里的小头目传令。看来，王员外也是白莲会内一个举足轻重的人物。陶干，用你的汗巾将王员外头上的血迹擦拭干净，他头上还在流血。擦完之后就用汗巾扎在他头上，我们必须赶快把他藏起来，不能留下任何痕迹。我们不能让他们知道有人来过这里！"

狄公拾起王员外刚才细读的那份名册。他凑近烛光细看，上面密密麻麻写满了字，字迹相当工整。

陶干擦去桌上和镇纸上的血迹，用汗巾包扎好王员外的头，并将尸体放在地上。当陶干扶起方桌时，狄公激动地说道：

"这是一份白莲会谋反的计划。可惜上面的人名、地名，用的都是暗号！一定还有破解密语的卷册。快到后墙的柜子里去找找！"

陶干拔去柜门上的利刃，察看柜内的物件。柜子的下面一格放着一排石刻，上面刻着白莲会的要旨。陶干从上面一格里拿出一只紫檀木雕花小盒，递给了狄公。盒内是空的，可是盒子的大小恰好可以放进两个折子。狄公将刚刚从地上拾起的名册折好，折子的封皮贴有紫色的锦缎，正好可以放进盒内，旁边的空位可放同样大小的另外一个折子。

"必须找到另一个折子！"狄公急切地说道。"那折子一定能破解密语！看看墙内有没有夹缝？"

狄公掀起地毯，察看石板地面；陶干拉开破败的幔帘，查验墙面。

"除了石头，还是石头！"陶干对狄公说道，"洞顶好像有些缝隙，我觉得有空气进来！"

"那是通风用的，"狄公忍不住说道，"房屋顶上也有类似的设置。我们去看看皮箱吧！"

他们摇了摇所有的箱子，可都是空的。

"我们到另一处暗道去看看！"狄公说道。陶干拿起灯笼，走出屋子来到岩洞。陶干指着拱门旁边地上的一方形洞，说道：

"那是一口井！"

狄公看了一眼，点点头，说道：

"是一口井。韩隐士考虑得相当周到！这个洞穴显然是为他家人避难用的，这儿有金子，有米，有水。把灯笼举高一点！"

陶干将灯笼高高举起，烛光照在拱门上。

"第二处暗道修筑得较晚，大人！"陶干说道，"这里没有山岩，四壁是土墙，护板看上去还很新！"

狄公从陶干手里拿过灯笼，让灯光照见暗地道面靠墙处放着的长方形箱子。"把它打开！"狄公吩咐陶干。

陶干蹲下身子，把利刃插进箱盖。盖子一掀，陶干急忙转过脸去，一股令人作呕的气味从箱子里迎面扑来，狄公也用汗巾捂住口鼻。箱内是一具腐烂的尸体，尸体的头部只剩下一个骷髅，已成碎片的衣袍上爬满了可怕的小虫。

"快盖上！"狄公说道。"以后再来查验，眼下无暇顾及！"

狄公沿石阶走下，约走了二十来尺，有一扇又高又窄的铁门挡住了去路。狄公转动把手，将门打开，往里一看，原来是花园，园内月光融融，正对面就是那座爬满青藤的凉亭。

"是刘飞坡的花园！"陶干在狄公身后轻声说道。他把头伸出去看了看后又说："门外是假山，门就是假山中的一块石头。那个凉亭就是刘飞坡午后小睡的地方。"

"这暗门和暗道就是刘飞坡失踪的秘密！"狄公说道，"我们回去吧！"

陶干似乎不愿离开，他毫不掩饰地由衷赞叹这暗门设计精巧。此时，两人听见远处传来韩府内呼叫救火的嘈杂声。

"把暗门关上！"狄公低声吩咐陶干。

"真是巧夺天工！"陶干遗憾地关上了门。他跟在狄公身后穿越暗道，灯笼的火光照见一处凹壁。他拉了拉狄公的衣袖，指了指凹壁里的枯骨。狄公看见四具骷髅，便说道：

"白莲会的信徒在洞穴内杀害了他们，尸骨在此处已堆放多时。箱子里的尸体是不久以前的被害者。"

狄公快步走上台阶，走进六角形的房间，对陶干说道：

"帮我把王员外的尸体抛入井内！"

二人把王员外的尸体抬到洞穴，抛入黑黝黝的井里，水中传来扑通的响声。

狄公又折回屋内，关上了门。他们走过山洞，登上石阶，进了暗道。二人出了暗道，站在佛堂时，玉碑暗门悄然无声地关上了。

陶干随意按压玉碑上的字，可是当他按第二个字时，前面一个又恢复到了原位。

"韩隐士确实手艺高超，"陶干说道，"要是不知道暗语，就是按到头发白了，也开不了这扇门！"

"的确如此！"狄公赞同道。他拉着陶干的衣袖走出佛堂。

在庭院里，他们二人遇到几个刚从外面回来的韩府仆役。

"火已经扑灭了！"他们喊道。

狄公和陶干在街上遇见韩永涵。韩永涵穿着便服，对狄公感激不尽地说道：

"大人，多谢衙门派人及时相救，大火已经扑灭，损失算不上惨重。堆放杂物的那间屋顶烧去了大半，所有谷仓被救火的水浇湿，已经无可挽回，但别处均告无恙。想必是干草着火，引起火灾。您的两名衙役神速，爬上屋顶，大火才未能蔓延。所幸今日无风，否则后果不堪设想！"

"我也十分担心起风呀！"狄公真心诚意地答道。

韩永涵与狄公彼此客气了一番，狄公便与陶干返回衙门。

书斋内，两个怪模怪样的人正等着狄公。他们衣衫不整，脸上污黑一片。原来是马荣和乔泰。

"最可气的是，"马荣蹙额皱眉大发牢骚，"我的喉咙和鼻子被烟呛得难受极了！不过，我总算知道了，放火比救火容易得多！"

狄公闻言，哑然失笑。他在桌案后坐定，对马荣和乔泰说道：

"你二人又建奇功！不过，现在我尚不能让你们歇息，还有更紧要的差事需要你们去办！"

"我就喜欢办差！"马荣兴冲冲地说道。

"你与乔泰先去沐浴更衣，"狄公说道，"吃点东西，然后穿戴好头盔铠甲，再来见我！"说完，又吩咐陶干，"快去唤洪亮前来！"

众人离去后，狄公拿起笔，饱蘸浓墨，备好空白折子。然后，他从袖内取出洞穴中带回来的名册折子，细读起来。

洪亮与陶干进屋，狄公抬头，说道："将杏花一案的所有卷宗和有关文案找来，放在桌上。你们根据我的示意将有关章节念与我听！"

两人着手准备，狄公开始书写奏折。狄公写得一手娴熟的行草，只见他龙飞凤舞地在折子上疾书。时而，他稍停片刻，让洪亮和陶干念得大声些，以便他能将重要证据逐字录下。

终于，狄公放下毛笔，舒了一口气。他小心翼翼地将折子与洞穴中的名册一道卷好，包在油纸内，让洪亮密封后盖上官印。

马荣和乔泰身穿铠甲、护肩，戴着高耸的头盔走进书斋。两人显得更加威武高大。

狄公给他们每人三十两纹银，凝视二人良久，对他们说道："你二人立即骑马上京城。路上须更换马匹，如若驿站无马匹，你们可向百姓租借，这些银两想必够用。一路顺利的话，天亮之前定能赶到。

"一到京城，立即去见大理卿。大理寺大堂门前银锣高悬，百姓均可在天亮之后的第一个时辰内鸣锣喊冤。你们鸣锣之后，对大理寺官吏说，你们远道而来，有冤情求见大理卿大人。大理卿一到，你们便跪拜呈递此件，无须多言！"

狄公将密封奏折交给马荣。马荣笑着说道：

"这不难！大人，能不能不穿这一身又重又硬的铠甲？我们换上轻便的猎服岂不是更好！"

狄公正颜厉色地看着两员随从，缓缓说道："此次进京，也许一切顺利，也许颇费周折。一路上很可能会遇到埋伏，因此，最好戎装上阵，沿途不得向官府求援。此行，一切全仗你们自己。如若有人拦截，格杀勿论！你们当中，如一人受伤或被杀，另外一人继续将此件送往京城。除了大理卿大人，此件不能交给任何人！"

乔泰紧了紧佩剑的腰带，他冷静地说道："大人，此件一定非同寻常！"

狄公双臂拢袖，神色严肃地答道："此件乃上天的旨意！"

乔泰顿时领悟。他挺胸直立，大声说道："永远效忠朝廷！"

马荣疑惑地看着乔泰，不过，他很快不假思索地接着乔泰的话说道："吾皇万岁万万岁！"

# 十九
▼

次日，晨曦微露，山间薄雾轻漫，空气清新宜人。

洪亮料想此刻狄公定在露台舒展身子。可是他刚要登上台阶，衙役便告诉他狄公在书斋。

洪亮见到狄公，心中暗暗吃惊。狄公坐在案后，腰背微屈，眼圈发红，目光呆滞。屋内空气污浊，狄公官袍不整，看来又是整夜伏案，一宿未眠。狄公看到洪亮惊慌不安的样子，连忙淡淡一笑，说道："昨夜，我差遣两名勇士急赴京城之后，一点睡意也没有，所以就干脆留在书斋，将案情和局势细想了一遍。韩府内密室的发现以及韩府地道与刘府花园的相通，证实了这两个人都是白莲会谋逆的要员。洪亮，现在已经可以肯定，他们谋反的目的是篡位，而且在各地均有爪牙。情势十万火急，但还没有到不可收拾的地步。我估算，现在我的奏折已经送至大理卿的手中，朝廷定会做出决断。"

狄公呷了一口茶，继续说道：

"昨夜我思前想后，觉得有一件事我疏忽了。这些日子，我隐约记得有一处疑点不能自圆其说，但一会儿又忘却得一干二净。事情虽小，但我忽然感到它至关重要，要是能及时释疑，定会令我豁然开朗！"

"不知大人记起来了没有？"洪亮急切地问道。

"记起来了，"狄公答道，"就在拂晓时分，我突然记起来了。那时公鸡已经报晓。洪亮！你可曾想过，公鸡啼鸣是在曙光初露之前，因为家禽的感官相当敏锐。洪亮，你把窗打开，另外，吩咐衙役送一碗米粥，来一点腌辣椒和咸鱼，我有点饿了。对了，再沏上一壶浓茶！"

"大人，今日早晨升堂吗？"洪亮问道。

"今日早晨不升堂，"狄公答道，"马荣和乔泰一回来，我们马上去见韩永涵和梁大人。时间紧迫，这件事马上要办。鉴于杏花一案已成为朝廷要案，我身为汉源县令，必须奉朝廷旨意才能行事审理。现在我只希望马荣和乔泰早点回来！"

用过早饭，狄公差遣洪亮和陶干去处理日常事务，他自己则上了露台。

狄公在玉石栏杆旁站立片刻，观赏着晨景。不计其数的渔船拥挤在船埠边，湖旁的道路上，农夫们肩挑背扛着蔬菜、肉食熙熙攘攘向街市走去。辛勤的市井百姓也如往常一样忙着各自的营生，即使面对将要来临的动乱，他们还在为温饱而奔波。

狄公拉过一把椅子在阴凉处坐下。不久，困倦袭来，昏昏欲睡。

直到洪亮端着托盘送来午饭，狄公才从梦中醒来。狄公起身走向露台栏杆，眺望远方。他用扇子在额前搭起凉棚观望，并不见马荣和乔泰的踪影。他失望地对洪亮说道：

"洪亮，他们该到了呀！"

"大人，也许朝廷要盘问一番。"洪亮宽慰狄公。

狄公担忧地摇摇头。他匆匆吃完午饭，回到书斋。洪亮和陶干坐在狄公对面，三人一起审阅着早晨呈递上来的状纸。

一刻时后，回廊里响起了纷沓的脚步声。马荣和乔泰汗涔涔地进了书斋，显得疲惫不堪。

"我的老天，你们总算回来了！"狄公喜出望外地喊道，"见到大理卿大人了吗？"

"大人，见到了，"马荣声音嘶哑地答道："我们将折子呈递上去，他当面就看了一遍。"

"他怎么说？"狄公神色紧张地问道。

马荣耸耸肩，答道："他叠好折子，放入袖内，让我们回禀大人说容他回去细阅。"

狄公的脸色阴沉下来，这可不是好兆头。当然，他并不希冀大理卿大人会与两员随从商谈此事，可他不曾料到大理卿大人对此事反应如此冷漠。狄公思忖片刻，对二人说道："好，我很高兴你们二人安然无恙地回来了。"

马荣满头大汗，他将头盔向上推了推，颓丧地说道："一路上还算顺利，可是局面不太好呀！今日早晨，当我们经过京城西门返回时，有两个人骑马追上了我们。这两人年纪不轻，自称是茶商，欲往西边去，想与我们结伴到汉源。两人彬彬有礼，也没带兵器，我们只得答应。可是年长的那个人神色诡秘阴沉，常常令我不寒而栗！一路上虽默默无言，但却相安无事。"

"你二人旅途劳顿，"狄公说道，"有些过虑了。"

"大人，事情远不止此，"乔泰说道，"一刻时之后，三十来个人骑着马从小道上奔来，为首的也说他们是做买卖的，也要往西边去。大人，如果他们也算商人，那我可去当奶娘了！我从没见过这等无赖，而且我敢打赌，他们身上都带着兵器。他们走在我们前面，所以我们不甚担忧。走了一刻时，又来了三十多个自称商人的汉子，这次他们走在我们的后面，马荣兄和我都想这下定有麻烦了。"

狄公两眼直盯着乔泰，听着他继续说道：

"我们二人因为折子已经送走，所以并不害怕。我们想，要是打起来，至少有一人可以冲出去，抄小路到营寨去搬救兵。可让人心神不定的是，他们按兵不动，一副若无其事的样子。我们寻思，他们一定身负重任，对我们这样的信差不放在眼里，只要拖住我们不去报信就成。事实上，我们无法报信，因为路上的营寨里空无一人。当我们沿着湖往汉源进发时，这些商人三五成群地散去，等到进入城内，只剩下两个年长的骑马人与我们同行。我们当即将二人拿下，带回衙门，他们却满不在乎，傲慢无礼地说正想见大人呢！"

"大人，这六十多个恶棍一定是叛贼无疑！"马荣接着说道，"我们快要进城时，我远远看见有两队马队向城里而来，他们以为能攻其不备，给我们一个措手不及。大人，我们县衙地势险要，攻守自如，岂能束手待缚！"

狄公重拳猛击桌案。

"我真不明白，朝廷对我的奏折为何按兵不动？"狄公怒气冲冲地叫道，"不过，无论如何，叛贼不可能轻而易举地攻下汉源城！他们没有攻城的器械，而我们手下有三十名精兵强将。乔泰，我们的兵器情况如何？"

"大人，库房内的弓箭储备充足！"乔泰信心十足地说道，"我们至少可以抵挡一日或二日，叛贼休想占我们的便宜！"

"将那两个无耻叛贼带上来！"狄公命令马荣，"他们别以为能与我较量。汉源是他们的据点，我们也决不会双手拱让，我要让他们瞧瞧我们的厉害！今日先从两个歹徒那里摸清叛贼的兵力以及他们的部署。将他们带来！"

马荣得意地笑了笑，走出书斋。

马荣带着两名身穿蓝色长衫、头戴玄色弁帽的男子回到书斋。年纪稍大的一个身材高大，神情冷峻，面无表情，留着一圈稀疏凌乱的络腮胡，无精打采地耷拉着眼皮；另一个身材壮实，神情犀利，面带嘲讽，上唇留着浓黑的短髭，颔下的胡须短而粗硬。他锐利的目光专注地看着狄公和四员随从。

可是狄公的目光只盯着年纪稍大的男子，一时竟惊讶地说不出话来。数年之前，狄公在京城大理寺的档案库任职时，有一次远远地见过他，当时有人在狄公的耳边用敬畏的语气道出此公的姓名。

此公抬头，那双灰暗怪异的眼睛打量着狄公，随后头朝四员随从动了动。狄公遂命四人退下。

马荣和乔泰震惊不已，看了看狄公。狄公焦躁地朝他们点点头，二人无奈地挪动步子向门外走去，后面跟着洪亮和陶干。

两名男子在靠墙边的高背椅上坐定。这两把座椅平日是专门留给贵客的。狄公在两人面前跪下，行礼如仪。

身材高大的男子从袖内取出折扇，悠然地摇着。他用了无生气、阴阳怪气的声音对坐在旁边的男子说道：

"这位是县令狄仁杰。时过两个多月，他才察觉他所管辖的汉源城乃密谋篡反的策源之地。可见，他身为县令，对自己的职责不甚了了。"

"大人，他甚至对衙门内的动静也毫无察觉！"另一位男子附和地说道，"他在奏折上居然大言不惭地说衙门内定有奸细。大人，这是渎职行为！"

年长的男子重重地叹了口气。

"是呀！年轻官吏一旦离京赴任，"他毫无表情地说道，"便疏于职守。这恐怕是因为顶头上司没有在旁督导之故吧。我们必须召见州府刺史，对此事严加追究。"

老人稍作停顿，狄公沉默无语。对京城高官，除非回答问话，他一般不便多言，更何况他犯有渎职之罪，只能听训。这位年长的男子兼领大理卿，是朝廷重臣。此人名唤孟奇，这个名字曾令许多朝廷命官为之心惊胆寒。此公一向忠于职守，为官清廉，铁面无私，他的权力至高无上，朝廷政务和军事的重大决断，均由他裁夺。

"狄县令，所幸你一向为官勤勉。"留着短须的官员说道，

"十天前，朝廷的密探禀报白莲会在各州死灰复燃的传言，孟大人得此消息后，立即采取果断措施。阁下也终于如梦方醒，火速禀报白莲会的大本营就在汉源。朝廷在山间湖边布下兵力，日夜巡查，倒未见你高枕无忧！"

"朝廷对此事竭尽全力，"孟大人说道，"可是地方官员却显得软弱无力。叛贼定能平定，但怕是要付出血的代价。要是狄县令恪尽职守，我们本可以将白莲会的首领一网打尽，将谋反扼死在萌动之中。"孟大人说到这里，突然提高了嗓音，说话变得铿锵有力。他对狄公厉声说道："你至少犯有四条不可饶恕的罪状：其一，你明知刘飞坡涉嫌此案，却让他逃之夭夭；其二，一名叛贼在招供之前被毒死狱中；其三，失手杀死姓王的叛逆，未能生擒活捉，并审讯该要犯；其四，你送往京城的折子，尚缺少破解密语的卷册。狄仁杰，快快说来，那卷册现在何处？"

"下官知罪！"狄公说道，"我尚未得此卷册，我想……"

"狄仁杰，我不想听你的揣测！"孟大人打断狄公的申辩，"我再问你，卷册现在何处？"

"大人，该卷册在梁府内。"狄公答道。

孟大人一跃而起。

"狄仁杰，你休得胡言乱语！"孟大人面露愠色，"梁大人为人不容怀疑！"

"下官知罪！"狄公连忙改口说道，"梁大人不知道府内发生的一切。"

"大人，看来他还想拖延时间，"留短须的官员不耐烦地说道，"把他拿下，关到他自己衙门的监狱中去！"

大理卿没有回答。他在屋内来回踱步，气恼地挥动着衣袖。他停在跪于地上的狄公面前，问道：

"那件东西如何会在梁府内？"

"大人，那是白莲会的首领为了安全起见放进梁府的。"狄公答道，"下官斗胆提请大人立即派人查封梁府并捉拿府内所有的人，这事千万不能让梁大人和外人知晓。然后，下官派人去见韩永涵和康仲，谎称卑职刚从梁府回来，说梁大人有要事想见他们二人。同时，大人您也前往梁府，我扮作你的随从一同前去。"

"狄仁杰，何须如此兴师动众？"孟大人问道，"汉源在朝廷的掌控之中，我立即就可缉拿韩永涵和康仲。随后，我们一同前往梁府，我向梁大人面呈一切，你则告知卷册密件藏于何处。"

"下官这般做，"狄公说道，"是为了确保不让白莲会的头目逃离汉源。我眼下怀疑韩永涵、刘飞坡和康仲三人，但尚不知他们在谋逆中究竟充当何种角色，也许头目不是他们三人。这样，缉拿他们岂不打草惊蛇，使之逃遁？"

孟大人思忖片刻，缓缓地将着下巴上稀疏的胡须，然后对另一位官员说道："派人将韩永涵和康仲带到梁府。不得让任何人知道此事！"

留着短须的官员皱着眉头，对此似有微词，但看到孟大人不耐烦地挥了挥手，他便匆匆起身，一言不发地离开了书斋。

"狄仁杰，你可以起来了。"孟大人说道。说着，便重新入座，从袖内取出奏折，细读起来。

一场危险的犯罪被制止（高罗佩　绘）

狄公指了指茶几，恭敬地说道："下官请大人用茶，不知大人肯否赏光？"

孟大人抬眼看着狄公，面露不悦，傲慢地说道：

"不用费心。需要用茶，我的侍从自会料理。"

孟大人低头阅览。狄公双手垂下，静立一旁，俨然一副听候发落的模样。狄公心神不宁地站着，先前他听说朝廷已对叛贼采取防范措施时，那番忧虑顿消的释然心境，现在又被诚惶诚恐的情绪所取代。他生怕因自己的猜测有误而坏了大事，心中焦急地盘算着可能发生的情况，想象是否有什么挂一漏万的地方。

一阵咳嗽声惊醒了陷入沉思中的狄公。孟大人将折子放回袖内，站起来说道："狄仁杰，时间已到。梁府离这里有多远？"

"大人，就在附近。"

"那好，我们不妨步行去，以免惊动左右。"孟大人说道。

书斋门外的回廊上，马荣和乔泰看了看狄公，心中闷闷不乐。狄公宽慰地笑着对他们道："我有事需要离开衙府。你二人看守大门，洪亮和陶干注意后门，切勿让任何人进来。我去去就回。"

街市上人来人往，熙熙攘攘，一切如常。狄公对此毫不为怪。他深知朝廷办事神速，汉源早已掌握在他们手中，神不知，鬼不觉。他在街上匆匆走着，孟大人紧随其后。两人均身着蓝布长衫，路人与他们擦肩而过，毫不在意。

一个神情漠然的清瘦男子替二人开了梁府大门。狄公过去从未见过此人。显然，孟大人已派人接管了梁府。那人对孟大人恭敬地说道：

"府内所有的人已被缉拿在案。两位客人已到，他们与梁大人正在书房内。"

说完，便领着二人走进昏暗的回廊。

当狄公走进幽暗的书房时，他看到年迈的梁大人坐在窗前那张红漆书案后的太师椅里，两侧墙边的椅子里端坐着韩永涵和康仲。

梁大人抬了抬沉重的头，将眼罩向上推了推，看着门口。

"又来客人了！"他低声嘟哝道。

狄公走向书案，对梁大人躬身施礼。孟大人站在门边。

"大人在上，下官是汉源县令，"狄公说道，"冒昧造访，万望见谅！今日前来，只想……"

"狄县令，无须多言！"老人神色疲惫地说道；"我该服药了。"他的头又低了下去。

狄公将手伸进金鱼缸内，很快就摸到了水中仙女的底座。金鱼在缸内欢跳游动，它们冰凉、小巧的身躯从狄公的手边滑过。狄公发觉底座的上半部可以转动，是一个旋盖，小仙女则是盖子的把手。他打开旋盖，里面是一根铜管，管口正好露出水面。狄公从铜管内取出紫色锦缎的密件。

梁大人、韩永涵和康仲一动不动地坐着。"请坐！"银丝鸟笼中的八哥突然叫了起来！

狄公走到门边，将密件交给孟大人，轻声说道：

"大人，这就是破解密语的要件！"

孟大人打开要件，匆匆看了一眼。狄公环顾四周，梁大人像一座石像巍然坐着，眼睛盯着金鱼缸，韩永涵和康仲则望着门边两位身材伟岸的大人。

孟大人做了个手势，回廊上突然站满了穿着铠甲的朝廷兵丁。他指着韩永涵和康仲，说道："给我拿下他们！"

兵丁一拥而上，孟大人接着对狄公说道："韩永涵不在名册内，可我还是决定缉拿他。来，随我一道去向梁大人致歉！"

狄公一把拉住孟大人。他急速冲向书桌，俯身扯下梁大人额上的眼罩，声色俱厉地喝道："站起来，刘飞坡！我要告你谋害梁孟广大人！"

坐在桌后的男子昂首挺胸地缓缓站了起来。尽管他戴着假胡须，脸上涂了彩，大家还是一眼认出他就是傲慢专横的刘飞坡。他不看狄公，反倒是两眼如火的直盯着由兵丁押解着的韩永涵。

"韩永涵，你那婊子是我杀的！"刘飞坡以嘲弄的口吻对韩永涵大声喊道。说着，他用左手拿掉假须，嘴里一声冷笑。

"将他拿下！"孟大人对兵丁大声吩咐。

狄公让开，四名兵丁来到桌案边，一名兵丁拿出绳索，刘飞坡则双手抱臂走上前去。

突然，刘飞坡的右手猛然从袖内抽出。刀光一闪，他的脖子鲜血喷涌，只见他双腿瘫软，倒在地上。

白莲会的头目，觊觎皇位的叛贼，亲手结束了自己的生命。

# 二十
▼

　　此后，朝廷对白莲会严惩不贷，毫不手软。

　　无论京城，还是州府，无数官吏和富豪遭到缉拿、审讯和处决，白莲会在各地的大小头目也纷纷落网。叛贼的中坚受到重创，大规模、有组织、有计划的谋反已不可能，只有少数偏远地区尚有零星骚乱发生，不过，地方的民丁轻而易举便将他们平息了。

　　眼下，孟大人的人马已经掌管了汉源县衙的所有政务。孟大人在刘飞坡自刎之后便赶回了京城，现在由留着浓黑短髭、脸上总带着嘲讽的那位官员统管一切。他让狄公协同处理衙门杂务。汉源地区的谋逆分子也得到彻底清除。康仲招供了隐藏在衙门内部的白莲会叛贼，王员外的死党和替刘飞坡卖命的余孽也都已送

*

227

交京城查办。

狄公已遭停职，因此毛禄的处决他无须到场，这使狄公的心里上稍感宽慰。原先，州府衙门已判毛禄鞭刑至死，但狄公据理力争，认为毛禄不但没有强奸月仙，而且当月仙受到三树岛盗贼凌辱时，还挺身而出保护过她，因而州府改判毛禄斩首处决。和尚被判发配北疆，十年劳役。

毛禄斩首那日早晨，突然下起了瓢泼大雨。汉源百姓说，汉源的土地爷希望老天洗刷掉这块土地上的血污，故而下起了暴雨。那天下午，大雨又神奇般停止，天空放晴，天气凉爽。

朝廷决定，自那天晚上起，狄公官复原职。所以，这是狄公复任之前唯一可以自在逍遥的一个下午。他决定去湖边垂钓。

马荣和乔泰先去借了一条小船，将船划往船埠。狄公头戴一顶遮阳草帽，步行到来，洪亮和陶干跟随左右，陶干手里拿着垂钓用的渔具。

五人上了小船，马荣在船尾掌舵。小船在微波中离开了船埠，他们迎着和煦的微风，静静地观赏着湖上美景。

狄公打破沉默，说道："连日来，我饶有兴致地观察着京城来的官员们在汉源衙门运筹帷幄。那位京城来的留着短须的大人——言及此，至今我仍不知道他姓甚名谁以及任何官职——起初不苟言笑，后来却相当随和，慢慢准许我阅览许多机要密件。他不愧是一位办差细致周到的好官，许多方面，我远不及他。当然，为他办差十分忙碌，我终日奔波，今日得此余暇，方能与你们好好叙谈叙谈！"

狄公将手伸进清凉的湖水里，继续说道：

狄仁杰和随从在湖上钓鱼（高罗佩　绘）

"昨日，我见到了韩永涵，他对自己所受到的严厉审讯深感难过，更加痛心汉源竟然成了阴谋篡反的大本营。他全然不知他的先祖在宅院地下所建的地道暗门，可是京城来的大人硬不相信韩永涵的话。为此，他对韩永涵接连两日进行审讯，甚至严刑逼供。最后，韩永涵还是获释回家。因为我对京城来的大人说，韩永涵不顾个人安危，及时禀报了自己遭白莲会叛贼绑劫的经过。因此，韩永涵对我感激涕零，我便乘机对他提及梁奋和他女儿相爱一事。起先，韩永涵说梁奋配不上他的女儿，后来才同意说，他对这门亲事不加反对。梁奋是个忠厚老实的后生，柳絮也是个多情可爱的姑娘，我觉得这是一桩美满的婚姻。"

　　"可是，韩永涵不是与杏花有染吗？"洪亮问道。

　　狄公歉意地笑了笑。

　　"不得不承认，"狄公答道，"我误解了韩员外。他为人古板、固执，甚至有点狭隘。他心地善良，却又不识时务，因此其性格不太随和。他与舞姬杏花绝对没有私情。杏花敢爱敢恨，是个品格高尚的女子。你们从这里远远望去，可以看到柳巷绿树丛中的那块汉白玉牌坊的高大门柱。这块牌坊是圣上钦命竖立在那里的，上面题有'巾帼风范'四字。"

　　小船行至湖心。狄公刚刚抛下鱼竿，却马上又收了起来。马荣也暗暗叹了口气。他记得也是在船下绿油油的湖水里那飘浮的阴影，现在他仿佛又看到了那双闪烁的眼睛。

　　"湖里钓不到鱼儿了！"狄公伤感地说道，"那些残暴的家伙把鱼全都赶跑了！你们看，又来了一个！"狄公看到四员随从眼中惊恐的神色，便接着说："我一直在想，大概就是湖里的这种巨龟吃掉了淹死在此处的人。这种巨龟特别嗜好人肉……你们别怕！它们不会袭击活人。马荣，把船划得再远一点，前面可能会有鱼。"

马荣用劲划桨。狄公双手拢袖，看着远处的城镇，半晌没有说话。

"大人，你什么时候发现刘飞坡害死了梁大人并且侵吞了他的宅院？"洪亮问道。

"就在最后那一刻，"狄公答道，"我是说，就在我打发马荣、乔泰去京城后的那个不眠之夜。梁大人贱卖田地这桩案子只是一个契机，最关键的问题还是杏花之死。这宗案子应追溯到数年以前。刘飞坡由于仕途受挫，一直郁郁不得志。我来到汉源的时候，刘飞坡的野心已退至次要地位，而他与两个女人的感情纠葛却日益尖锐。这两个女人，一个是他的女儿月仙，另一个是他的相好杏花，这两条关系成了这桩凶案的核心。当我领悟到这一点时，其他的一切立刻迎刃而解。

"刘飞坡才华横溢，有勇有谋，是天生的入仕之才，可是几度应试落第，严重地伤害了他的自尊心，即使后来财运亨通也未能抚平他的伤痛。伤痛日积月累，遂演变成他对朝廷的怨懑。

"一个偶然的事件诱发了他复活白莲会的野心，企图借此推翻朝廷，实现自己多年的抱负。有一次，在京城的古董店里，刘飞坡买到了韩隐士的手稿。这部手稿的内容就是韩隐士筹建秘密地室的计划。大理卿在刘飞坡的京城宅院里发现了此手稿。韩隐士在手稿中说，他的目的是为了让他的后代在战乱中有一个避难所，而且还详细记述了他计划掩埋家中所有的财产，包括二十个存放金子的箱子等情形。另外，手稿的最后，附有一张设在佛堂神龛上的进入地室暗门的机关图。韩隐士还附有一段话，说这个秘密只能传给韩氏家族，由父亲传给长子，以此传继。

"刘飞坡得到手稿，起先以为这不过是一位古稀老人的异想天开，并没把它当作一回事。可是后来，他决定到汉源亲自去看一看，以便证实韩隐士是否实施了他的计划。他有意让韩永涵邀请他在韩府小住数天，不久他便发现，韩永涵对先祖的计划一无所知，只知道韩隐士曾下令日夜开放佛堂，油灯长年不熄。韩永涵认为，这是先祖对佛的虔诚，其实韩隐士的真正目的是为了让他的子孙在危急关头能随时进入佛堂寻求庇护。一日夜里，刘飞坡一定秘密来过佛堂，并且找到了地室。至此，刘飞坡才恍然大悟，原来韩隐士手稿中所说的一切是真的。同时刘飞坡也明白，韩隐士的突然逝世致使他的长子——韩永涵的祖父，对这个秘密一无所知。当年书坊虽然刻印了那部韩隐士编的棋谱卷册，卷末一页收录有那张棋谱，但是除了刘飞坡，也许还有杏花，无人知道这张棋谱只不过是通往佛堂暗室的线索。"

"韩隐士才智过人！"陶干不禁赞叹道，"棋谱刻印成书，使之不致失传，但是不谙此道者根本无法知晓其中的真正含义！"

"你说得很对，"狄公说道，"韩隐士聪敏过人，学识渊博，要是能当面请教，我真想见见他。好！我现在继续说刘飞坡！刘飞坡得到韩氏家族的巨额钱财，当然就有了策划大规模叛乱的雄厚资金，而且也有了一处理想的密谋商议之处。他在韩府与梁府之间的空地上建起山庄，雇了四名工匠挖好了连接韩府地室与他家花园的通道。我估计，后来刘飞坡杀了这四名工匠，也就是我们在地道中见到的那四具尸骨。

"然而，随着谋反计划的推进，刘飞坡的开支渐增。他必须支付大量钱财贿赂官吏、买通盗匪，还要购置兵器，因此自己的积蓄和韩隐士的家私很快便花费殆尽。为了寻找新的财路，他便开始策划侵吞梁大人的钱财。刘飞坡经常与梁大人一起在花园里闲步散心，所以很容易摸清梁大人以及其家人的生活习性。大约半年之前，刘飞坡一定是将梁大人骗至密室，并在那儿将他杀害，尸体则置于密室的棺木内，就是我和陶干看到的那具尸体。从那以后，'梁大人'便病体渐衰，眼疾加重，走神健忘；再后来，干脆便在卧房内度日。这些伪装当然有利于刘飞坡扮演双重角色。他在地室内化装，通过自家花园进入梁府。梁奋所住的房间在梁府的另一端，而照料梁大人的老夫妇已经年迈老朽，这对他的行踪越发有利。有时候，突如其来的事情迫使他在梁府内停留过久，加之，有时需要他在密室中集会密谋白莲会的行动。因此，刘飞坡的轿夫开始注意起他的突然失踪。他们对洪亮所说的刘飞坡的'隐遁术'大概缘于此因。

"刘飞坡与他的走卒万一凡合谋算计梁大人的财产，并开始变卖他的田地。刘飞坡借此获取丰厚的资金，得以完成篡反的准备工作。一切进行得相当顺利，他开始着手与众叛贼商定适当的策反时机。可就在这时，出了问题。这次的问题出在刘飞坡的情感纠葛上。我们不得不提到舞姬杏花，或者，干脆叫她的真名，范荷依。"

小船停在湖中。马荣盘腿坐在船尾，和其他三员随从全神贯注地听着狄公的谈话。狄公将草帽向脑后推了推，继续说道："白莲会死灰复燃，蔓延到了平阳，平阳有一户姓范的地主也涉嫌其中。但后来这范姓地主幡然悔悟，继而向官府告发。白莲会的爪牙得知此事，逼他自尽，并且在他自尽之前，胁迫他在伪造的文书上按了手印。文书中称，范姓地主犯下谋逆之罪，从此范氏家私落入白莲会之手。范氏夫人、女儿荷依和幼子形同乞丐，生活无着。女儿荷依只得卖身为舞姬，用卖艺所得的银两，为她母亲在平阳购置农田，聊以度日。从此，杏花便按时将卖艺所得接济家中，供弟弟读书。这些情况是朝廷密探在平阳缉拿和审问当地白莲会小头目时所获，昨日才从平阳将文书送到汉源。

"这以后的故事便顺理成章了。荷依的父亲在临终前告知她有关白莲会的事情，并对她说，白莲会的策源地在汉源，头目是刘飞坡。范荷依这位勇敢的姑娘对父亲一片孝心，暗下决心为父报仇，告发叛贼。这就不难理解为何她当初坚持要到汉源来，以及后来做了刘飞坡的相好。她的目的无非是想从刘飞坡那里探听白莲会的机密，然后向官府告发。

"范荷依这位女子有一种奇特的魅力，她的美貌令人难忘，而她的个性又异常刚烈，其家庭情况也比较特殊。平阳一带有这样的家庭，母亲擅长神秘莫测的巫术，而且只传给女儿。范荷依的家庭即是其中之一，在当地还有些名气。除此之外，范荷依的相貌与刘飞坡的女儿月仙有惊人的相似之处，要不然，范荷依恐怕也很难将刘飞坡这样一个极端自私又野心勃勃的男人牢牢地拴在自己身边。

"诸位，毫不讳言，对于男女情欲中不可捉摸的妄念，我无法理喻，也无力剖析。我只敢说，刘飞坡对其女儿的关爱里夹杂着一点暧昧。他对女儿强烈的爱，是他冷酷内心里敏感和脆弱的反映。他对这种感情深感内疚并苦苦挣扎，但他女儿对此却一点儿也没有察觉。这种感情会不会影响他与妻子的关系，或者说影响到何种程度，我无法妄测，但我肯定，他的婚姻生活一定紧张而不幸。因此，无论如何，他与范荷依的私情是他内心痛苦的解脱，也给了他在别的女人身上体验不到的欢愉和深情。

"每次幽会——现已查明，他们幽会的地方在王员外花园的亭子里——杏花从刘飞坡那里得知许多关于白莲会谋反的事情，包括那张棋谱的秘密。刘飞坡写了不少情笺，对杏花表露他的迷恋。但他极其狡猾，从不用自己的笔迹。他模仿梁奋的笔迹，因为他经由梁大人的账本而对梁奋的笔迹了如指掌。天知道，刘飞坡为何鬼使神差地在情笺上用了蒋秀才的别号。要知道，蒋秀才是他的女婿呀！对于这种阴暗心理，我实在无法理解。

"刘飞坡从未想过要让女儿出嫁。他不能忍受女儿离他而去，被另一个男人所占有。当月仙看上蒋秀才时，他激烈地反对这门亲事，甚至让万一凡出面诋毁蒋举人，期望可以名正言顺地拒绝提亲。后来，月仙一病不起，刘飞坡不忍心看着爱女闷闷不乐，这才违心地答应女儿的婚事。可以想见，那些日子，刘飞坡面对日益逼近的良辰吉日，想着即将与爱女分别，他内心有多么痛苦和无奈。同时，他也开始怀疑范荷依接近他的真正目的，因为范荷依过分急切地向他探听有关白莲会的事情，因而决定断绝与范荷依的来往。这个细节我们从查抄到的情笺中就可以得到证实。刘飞坡面临失去他钟爱的两个女人，他的心烦意乱是不难理解的。更加让他忧心的钱财短缺无疑使他雪上加霜。他扮演的‘梁大人’已经卖掉了大部分的田地，而商定的叛乱日期又迫在眉睫。刘飞坡急需银子，大量的银子，因此只得挪用党羽王员外做买卖的本钱，又命令康仲说服康伯借贷巨额银两给万一凡。以上所说大概可以概括两个月前我们刚来汉源时的情势。"

狄公停顿了片刻。陶干问道：

"大人，您如何发现康仲也是白莲会成员的呢？"

"康仲费尽心机要从他哥哥那里借款，"狄公答道，"让我产生了怀疑。像康仲这么一个经验老到的商人，居然会不择手段地怂恿自己的哥哥把大笔钱财借给名声不好的万一凡，这令我百思而不得其解。后来，我明白万一凡是刘飞坡的走卒后，那么康仲也必然涉嫌其中。刘飞坡千方百计筹措银两给了我启发，加之，他时时悄然失踪和梁大人突然染病，让我终于发现了他假扮梁大人的秘密。梁大人年事已高，他本人对朝廷的忠心不容置疑，那么最后的结论只能是这样。"

陶干一面不住地点头，一面慢慢地捻着左边脸颊上的三根长毛。狄公接着说道："我现在要说说杏花之死——这桩错综复杂的凶案，我直到最后才理清头绪。月仙出嫁，第二天恰逢花船宴会。此时，刘飞坡已经对杏花产生了怀疑，所以整个宴席期间，他都注意着她。杏花站在韩员外与我之间，她对我告知密谋之事，刘飞坡从她说话的唇形中得知，但是他误以为杏花是在对韩永涵耳语。"

"可是，我们觉得这不太可能，"洪亮急急插话，"杏花明明说的是‘大人’呀！"

"我也这么想过，"狄公淡淡一笑，"可是不要忘了，杏花说话时脸没有对着我，而且她说得很快。因此，刘飞坡把'大人'两字误读为'永涵'了。刘飞坡不禁妒火中烧，他的相好不但要告发他，而且是向他的情敌韩永涵告发！杏花居然用'永涵'称呼韩员外，这难道不足以说明二人的关系非同一般吗？所以，刘飞坡第二日便强行绑劫了韩员外，并威吓他，企图封住他的口。现在，我们不难理解刘飞坡举刀自刎时为什么要说出那句话，而且为什么要对韩永涵投以嘲讽的冷笑了，因为他把韩员外当成了他的情敌。所幸，刘飞坡未能听见杏花提及下棋的事，因为那时牡丹姑娘同在桌旁，正好挡住了刘飞坡的视线。如果他听到杏花后面的那句话，他定会捣毁韩府的地室和暗道！

"既然杏花要出卖他，他便不得不立即除掉她。当刘飞坡注视着杏花曼舞时，他眼中的神色已经明白地告诉了我这一点。他要杀死杏花，他知道这是他最后一次看她那令人炫目神迷的美貌和舞姿。刘飞坡的眼中有恨，有仇，有绝望，有被人出卖的仇恨，有一种男人失去心爱女人的绝望。

"彭员外体力不济，头晕呕吐，这给刘飞坡离开宴厅提供了极好的机会。他陪彭员外走出宴厅，来到花船的右侧甲板上。彭公感觉不适，倚立在船栏边，刘飞坡便乘机溜到花船左侧，在窗口挥手招呼杏花出来，并带她进了客舱，然后将她击昏，把铜香炉放入她的袖内，再将她沉入水中。最后，刘飞坡回到彭员外身旁，这时彭员外已经感觉好多了，他们便一起回到了宴厅。后来，当他听说尸体没有沉入湖底、凶案被发现的时候，他的惊慌失措便在情理之中了。

"更糟的消息还在后头。第二日清晨，他得知爱女月仙猝死洞房，他心爱的两个女人接踵离他而去。他的狂暴怨恨没有指向蒋秀才，而是指向了蒋举人，因为他长期被压抑的情欲使他认定，蒋举人对月仙不怀好意。当然，这是我的判断，也是我对刘飞坡为何死死咬定状告蒋举人的解释。对刘飞坡来说，月仙的死如五雷轰顶，但其尸体之不翼而飞更令刘飞坡完全丧失了理智。自那以后，刘飞坡像着了魔似的，所作所为变得不可理喻。

　　"刘飞坡的同党康仲在供词中招认说，刘飞坡闻听此言，立即派人四处搜寻，其举止非常反常，行为怪诞，以致康仲、王员外和万一凡均十分担忧他们的头目。他们三人强烈反对绑劫韩永涵，认为那样做实在太冒险。他们认为，杏花之死已经足以警告韩永涵，不必再追究杏花对他说了些什么。可是刘飞坡不听劝告，他要惩罚他的情敌，所以韩永涵就被送进轿子，在刘飞坡的花园里绕圈子，最后带到了地道内的密室里。韩永涵对我所说的六角形的屋子就是密室，而上上下下的楼梯就是地道到洞穴的台阶。看来，韩永涵记得很清楚。带着白色头罩的男子就是刘飞坡本人，他要亲自凌辱和恫吓这个他认为与杏花有染的男人。

　　"下面该说说这个沉闷故事的结局了。月仙的尸体没有找到，刘飞坡又急需银两，同时担心我已经对他产生怀疑。他犹如困兽，已经走投无路，于是便悄然失踪，打算以梁大人的身份指挥这场叛乱的最后一战。

　　"刘飞坡还没来得及告知万一凡他要转换身份悄然失踪，我们就将万一凡缉拿到案。当我告诉他刘飞坡逃之夭夭时，万一凡以为刘飞坡放弃了谋反的打算，所以决定和盘托出，保全自己的性命。可是衙门内出了奸细，将此事透露给了刘飞坡，刘飞坡便将毒饼交给了他。毒饼上的莲花不是给万一凡看的，因为牢房内光线太暗。那莲花是对我的恫吓，也是对我的迷惑，想让我不再干预他密谋篡反的最后准备。

"也就是那天夜里，刘飞坡传话给王员外和康仲说，从此以后，他们与他在梁府见面。王员外和康仲经过商议，认定刘飞坡利令智昏，忘乎所以，便决定由王员外取代刘飞坡。所以那晚王员外才到地室攫取机密文书，以便掌管大权。可是，刘飞坡早已将文书转移至金鱼缸内。陶干和我没有想到会在地室遇见王员外，致使王员外当场毙命。"

"大人，您如何知道密件藏在金鱼缸内？"乔泰急切地问道。

狄公笑着说道："当我去梁府拜访所谓的梁大人时，我在书房内耐心地等着。缸内的金鱼游得自由自在，我在金鱼缸旁站着观望，金鱼便游到水面等着喂食。可是当我的手伸向仙女的瓷像时，它们便不安地跳跃翻腾起来。当时我有点吃惊，但没有深究其中的缘故。

"后来，当我料定刘飞坡假扮梁大人时，我才又想起了这件事。金鱼像其他供人玩赏的动物一样，非常敏感、纤弱，它们不喜欢人们把手伸进水中。我意识到，以前一定有人这样做过，扰乱了金鱼的平静和安宁；由此推测，仙女的底座可能是藏匿密件的地方。刘飞坡最重要的文书，就是那份暗语卷册，所以我猜想他一定把它藏在那里。"

狄公取出钓竿，准备放线。

"这桩命案，"洪亮不无敬佩地说道，"如今水落石出，大人定能高升！"

"我会高升？"狄公吃惊地反问道，"天啊！不会的！我这次没有被免职已经谢天谢地了！孟大人对我延误禀报篡反一事严加申斥，这一点，在朝廷赦免我罪、官复原职的公文上，白纸黑字写得清清楚楚，毫不含糊。吏部的官员还附一笺，说鉴于我在最后找出那份密件，才使朝廷动了恻隐之心。各位，县令对县内诸事必须明察秋毫呀！"

"不过，"洪亮意犹未尽，接着说道，"无论如何，杏花被害一案该了结了吧？"

狄公没有立即答话。他放下鱼竿，不安地看着湖水，然后缓缓地摇了摇头，说道："不！我觉得这桩命案尚未了结。洪亮，真的还没有了结。刘飞坡的死未能解除范荷依的心头之恨，因为杀害舞姬的手段如此残忍，以致冤魂沸腾，日积月累，怨恨会变成暴力，依附在死者身上，兴风作浪。"狄公发现他的四员随从脸上露出忧虑的神色，便急忙说道："不过，鬼魅阴魂兴风作浪，只能淹没多行不义之人。"

狄公俯身船舷，望着湖水。他是不是又看见水下那张苍白的脸，是不是又看见那双眼睛盯着他，就像花船上那可怕的一幕？狄公打了一个寒战，他抬起头，自言自语地说道：

"心术不正之人，夜间最好不要在这湖边独自漫步。"